她们

白谦慎题

王帅 著

作家出版社

直到和孔非结婚

特别是有了

多好 很好

两个可爱的女儿后

才燕子归巢 游鱼入港

有了安静的生活 快乐的家庭

因而他特别珍惜

有时甚至会

夸张这种儿女之情与天伦之乐

如痴如醉 刻骨铭心

但他也知道女儿们终究是要走出去的

小家早晚也会散开

他想保留几张底片 留住这片温暖

于是便出版了这本《她们》

送给多好

很好

序

　　王帅是个苦孩子。童年丧母，少年挨饿，间关顿踣，过早地体验了人世的凄楚艰辛，形成了他敏感而倔强的性格。激情如火，哀乐过人。直到和孔非结婚，特别是有了多好、很好两个可爱的女儿后，才燕子归巢，游鱼入港，有了安静的生活、快乐的家庭。因而他特别珍惜有时甚至会夸张这种儿女之情与天伦之乐。如痴如醉，刻骨铭心。但他也知道女儿们终究是要走出去的，小家早晚也会散开。他想保留几张底片，留住这片温暖，于是便出版了这本《她们》。

这里没有宏大叙事，没有微言大义，没有大是大非。有的只是记忆和感情，快乐和感动，有童趣，有幻想，有幽默，有解嘲。有夫唱妇随的默契，有父女情长的交响。一些琐事，一堆情思。

"无情未必真豪杰，怜子如何不丈夫。"我欣赏他这种缱绻柔情和知恩图报，喜欢他家里这种民主活泼、幽默风趣的氛围。

　　先师周谷城先生有言："幽默是智慧的外溢。"智生娱，娱生和，则家和万事兴。

　　我一向以为，一个优秀的男人，必须要有气和有趣。"气"是精神，意志，格局，力量；"趣"是智慧，审美，情致，宽容。王帅是一个有气也有趣的人，"亦狂亦侠亦温文"。他的事业、功绩、贡献，自会另有他史记载。

我们当然需要三吏三别，"死去元知万事空"，但也不能不要李商隐与戴望舒。

　　人生是多彩的，世界是繁华的。"她们"是美丽的。

　　穿过严峻的疫情，放眼未来的希望。

宋遂良

2022年4月16日

前言

今天是清明。因疫情等各种因素，我已经四年没有回家祭扫。怅然。

爱人说准备了纸钱晚上烧过去。女儿在边上说：晚上烧也很好看。晚上火苗灵动，偶有飞起，像天上的星星。

记得第一次带她们回老家祭扫，她们说：奶奶，我们来看你了。话音刚落，天上就阴云密布，继而大雨。那今晚的星星和我们，如今彼此住得太远，久不重逢，但从没离开。否则很多事都说不明白。

我开始整理这些年因为她们而记录下来的点点滴滴。我生性疏懒，又没有长性，对宏大的叙事语言有天然的畏怯。久而久之，连叙事的架势都疏远了。这不得不说跟我每天的欢乐有关。这些欢乐的瞬间让我是富足的王，这些瞬间都是跟她们在一起的。

　　往往是在早晨起来，倚在床上，或者去公司的路上，我用手机的备忘录记录下当天发生的事情。

对我而言，就是一本日记。我说过好几次要给她们整理一下。

记忆这个东西是不可靠的，有些时候是需要记录的。

本书选取的九十多篇文章，都是在她们出生之后记录的。我不会用时间的顺序来排列。我心里自有河流，我喜欢按照流水的节奏。

我们几个人，像是几颗水滴，偶然地融合到了一起。她们汇流成一条小溪，流向命运指引的方向。

简短说明，权当引子。

另，本书的最后，我用了我的老师宋遂良先生的文章——《世界因为有了女性而美好》，这篇文章对我影响很深，让我对女性的美的感知，发展到对女性的伟大和弱小的现实认知。

王帅

2022年4月5日

本书选取的九十多篇文章，都是在她们出生之后记录的。我不会用时间的顺序来排列。我心中自有河流，我喜欢按照流水的节奏。我们几个人，像是几颗水滴，偶然地融合到了一起。她们汇流成一条小溪，流向命运指引的方向。

她們

对我而言，就是一本日记

漂亮不过我妈妈

她
們

我喜欢林风眠先生的画。
我想起你。

我跟我妈妈

不见面已经三十七年矣。

她是美好的，受苦的。

她的所有，影响我的所有。

我看到林风眠先生的画。

我想起你。

没有人知道

我为什么执意要买下这幅画。

就当买一缕风，一声钟，

一个梦不到的人的梦，

一场黯然销魂和一辈子的孤单吧。

镇宅之宝

只是
我每次看到这张画，
就想起来
那晚她对我说的话。

她们。

早些年，

活得有些狠狈。

直到碰上我爱人，

心静了，有归属了。

这是我的第一件藏品，

跟当下紧密相关，

并且直接决定未来。

我的家族很大，

我把很多我该尽的责任

突然托付给这个文静的小女孩。

家族用钱、

就业安排等需要处理的事层出不穷。

而我往往就一句话：找孔老师。

有一天晚上，

她跟我说，家里没钱了。

我倒是很惊讶。

她一笔笔地给我算，

我的脸慢慢层林尽染，

霞蔚蒸腾。

她说：

没事的。

我小时候家里有一张画。

实在不行就卖了，

先把眼前的事解决了。

这是一张

朱屺瞻的画。

后来我就把这张画

挂在家里，

其实我原本

并不是很喜欢

朱屺瞻的画。

只是

我每次看到这张画，

就想起来那晚她对我说的话。

54-8=8

孩子的妈妈
是做老师的。
教育我，
那是得心应手，
随心所欲。

孩子的妈妈是做老师的

教育我

那是得心应手

随心所欲

我这个学生

常常豁然开朗

恍然大悟

继而五体投地

击节赞叹

我这个学生
常常豁然开朗,
恍然大悟,
继而五体投地,
击节赞叹。

今天晚上，

我们欢聚一堂做作业。

我当然是属于提前交卷的那种，

我知道老师很累，

不想拖堂，

但是两位女同学迟迟复迟迟，

老师的脸色慢慢不善起来。

基于朴素的同学友谊，

我循循善诱地说：

认真听妈妈的话啊。

你们这么聪明，

很快就做完作业了。

做完作业后，

就可以到爸爸的房间看电视了。

我要回房间的时候，

我听到老师大声地问：

54-8等于多少？54-8等于多少？

我偷偷地跟小女儿说：等于8。

我说的声音很轻很轻。

但是我的爱人耳听八方，眼观六路，

严厉的目光

立即如探照灯光一样照到我脸上：

王帅，你又在说什么！

我说：我走。我马上走。

我立即就走了。

走的路上我就想，

老师确实是认真负责的好老师，

但是教老甲鱼和小白兔肯定是不一样的。

2020年的第一颗杨梅

"这个世界怎么这么复杂"

2020 年的第一颗杨梅，

让我流泪了。

怪我自己。

我今天看到杨梅新鲜上市了。

女儿说：爸爸,杨梅！

我就买了一盒。

回家后，她们在一边不亦乐乎地玩。我一个人在想事。

多好突然用一个碟子，装了一颗杨梅，端来给我，

说：爸爸，这是最后一颗杨梅了，请你品尝。

我受宠若惊，同时感到教子有方。

我吃完眼泪就流出来了。

原来她们用芥末浸泡过。

我擦干眼泪问老婆：这个世界怎么这么复杂。

老婆说：哈哈，刚刚给我吃，我没吃，没想到你吃了。

啊朋友再见

她
们

昨天回家，

我想跟她们

交流一下事情。

可是她们

只是跟我说：

爸爸再见，

好好睡觉啊。

晚安爸爸。

她们

早晨

我很早就醒了，
想过去送她们上学。

我说：
早晨好。

她们说：
爸爸再见，
我们去上学了。
我们已经要出发了。

爸爸不是吃素的

一天晚上。女儿们房间的灯已经关了。我进去找老婆，发现她们都没睡。三双大眼睛，两双对我饱含期盼，一双对我充满警告。

我说：赶紧睡觉啊。她们说：爸爸，我们根本睡不着。我说：你们就不该睡觉啊，抓紧看奥运会，奥运会充满竞争和自我挑战的美。两双大眼睛欢快起来，一双大眼睛是秋后算账似的无奈。

她们说：爸爸，我想看花样滑冰。我说：你们这俩小胖，看举重吧。话不投机半句多。友谊的小船说翻就翻。我释放了她们看电视，她们倒把我推到小黑屋关禁闭了。简直岂有此理，管理真的出问题了。一早，我就去喊她们。她们在床上。我用自己简洁的概括，清晰的表述，给她们三个各起了一个名字。

老大，你以后叫圆圆。老二，你以后叫滚滚。我又看了一眼老婆，说：你叫呼啦圈。

爸爸的电话

早晨，爸爸打来电话。

他问我吃饭了没有，我说刚起床。他说有一件事要跟我说一下，他说以往有些人会去看他，表示感谢慰问，今年都不来了。我说疫情多变，人事多变，你也不图这个，倒省了各种应酬和麻烦。

他说还有一件事也要跟我说一下。他说：你那个眼睛小戴眼镜的同学经常来看我，前几天还和他哥哥一起来了。我说：他是我同学和好朋友，不一样的。该留人家吃饭才好。

爸爸说完就挂电话了。

我知道他想说的不是这些。我这人在外面说得多，在家里说得少。这几年公司诸多风波，他或多或少应该听到一些。

他是用他的感知，来求证我一个平安。

我顺势拉开窗帘。窗外雪霁，风定。

梅花已高过半个窗户，红梅静静开，一切都很好，多好。

爸爸的身世之谜

很多人说，不知道哪片云彩会下雨。这就对了。江南的雨就像少女一样细密。女孩的心思你别猜，说的就是这个。

有雨没雨确实是不一样的。尤其是蕉叶初展，丁香暗结，小荷顶戴的梅子黄时。撑着油纸伞，在雨中徘徊徘徊，一不小心碰到一个和你一样结着愁怨的姑娘。雨是最好的红娘，撑着太阳伞相亲的，基本没戏。妆都花了。

有了雨，就有了声音，就有了想象，就离自己的内心更近了。我太喜欢周思聪先生画的荷塘了。她远远地望着你，身后一片青山，青山之外还是青山。

何其芳说，没有声音的地方就叫寂寞。我想，羊左之交，灞桥相别，红颜知己，都是聊天聊得来的结果。

我的心里一直雨水绵绵，兴许上辈子是个尼姑，奈何此生做了和尚。

我听到下雨的声音，就想起自己的前生。

白洋淀

其实我一早想去白洋淀的

去看看那些渔娘，以及美好的渔网

她
们

白洋淀的早晨，亭子里有人唱戏。

唱的是《空城计》。我正在城楼观山景。

一人操琴，一老者唱；须臾，换一健壮汉子唱。操琴者依然潇洒，老者点一纸烟，双手打拍子，纷繁踏叠，烟灰纹丝不动。

一曲唱罢，我说：嗨！好一出空城计。

顿时觉得天津卫全是好汉。

只是我在那瞬间侧面有了红尘，少了红颜。

其实我一早想去白洋淀的。

去看看那些渔娘，以及美好的渔网。

雨太大了。我便回杭州了。在路上了。

人生总是信马由缰，天马行空，无拘无束，突然自己把自己弄得很开心，然后把自己否定了。

被子

盖上被子，

我就觉得踏实，温暖，满足，

就觉得早餐很丰富，

冰箱满满的，

支付宝余额数字长长的。

我瘦，

空调一开，身体很快就冻透了。

身边那位呢，富态，

空调一关，马上大汗淋漓。

所以被子对我而言是确实的需要。

盖上被子，

我就觉得踏实，温暖，满足，

就觉得早餐很丰富，冰箱满满的，

支付宝余额数字长长的。

这几天降温，

不用开空调了，我又加了一床被子。

盖一床被子，抱一床被子。

睡得特别地宠溺，

睡出了国泰民安、风调雨顺、瑞雪兆丰年的幸福感。

盖上被子　　　　　也不能放松了警惕啊

她们

睡得好，

梦里说话也顺畅。

这几天，我身边那位跟我说了好几次：

昨天你说了很长时间的梦话。

我随口问她：我说了什么？

她说她听了很久，模模糊糊的，听不清楚。

我陷入了沉思，觉察到惊险。

真是生于忧患败于安乐啊。

万一在梦里，

我是用反间计对付敌人的美人计将计就计了呢？

盖上被子也不能放松了警惕啊。

壁画的起源

"壁画最早起源于原始的洞穴画,
繁荣于20世纪, 集大成于欧洲文艺复兴时期,
并一直伴随着人类的文明不断进步发展至今。"

我搜索来的这句话应该不是艺术,
而是科学。
若是从艺术的角度出发,
"壁画"在我们家横空出世后
仅持续了短短几年。

我们住的房子，

墙壁刷得是特别地洁白、雅致，

尺寸比画纸大多了，

很多面墙都是六尺整开以上的。

当两个女儿从爬行变成直立行走，

开始动手开启艺术生涯的时候，

这些墙就成了她们的画板。

短短几年的时间，

我们家就从家徒四壁变成了敦煌莫高窟。

集中西合璧的所有颜料色彩，

上下五千年各种画派于墙面。

有泼墨，有水彩，有素描，有雕刻，

可以说几乎囊括了美院所有科系。

突然有一天，

她们对我说：

爸爸，往墙上乱涂乱画是不对的。

我说：

可你们是艺术创作啊。

你们看，构图新奇，线条圆润刚劲，

推陈出新，笔笔中峰，

青绿泼彩着色，益见奇丽多姿。

确实是出神入化的上品，值得终身收藏。

可是
她们后来
不在墙上画画了。

等到丈母娘
去住这个房子的时候，
我特别叮嘱她：
不要把墙给我刷了啊，
这可是珍贵的艺术品。
绝版了。

我想我总是有
借他人之手，
发自己牢骚的
嫌疑的。
所谓好读书
不求甚解，
发牢骚才思泉涌。

她們

不觉人生已中年

早晨，吾师示我最近所看书目，诸多。

其中有安意如的《聊将锦瑟记华年：黄仲则诗传》，其他不一一罗列。

黄仲则的诗我是能背几首的，仅此而已。"十有九人堪白眼，百无一用是书生。""悄立市桥人不识，一星如月看多时。"但他的生平呢？我是没有下过任何功夫的。我想我总是有借他人之手，发自己牢骚的嫌疑的。所谓好读书不求甚解，发牢骚才思泉涌。

这几年，我常常借虎皮扯大旗。自以为是高瞻远瞩，其实是好高骛远。展开了很多规划，烂尾了很多工程。然而突然有一天，看到自己鬓已星星也，胡茬也开始白了。一时悲喜交集，酸甜苦辣，五味俱全。

这种触动是真实的。我想起来我结婚的时候，我的老师不远千里，从济南到杭州，为我证婚。他说：王帅早晨对我说，他是一天到晚游泳的鱼啊，终于游到了鱼缸里。这里透明温暖、充满氧气，这口鱼缸，我想就是孔非。

　　第二天，老师到我新房，踱步到我的书架。我和爱人在身后跟着。我很紧张。书架堪称豪华，上下五千年，花鸟虫鱼，经史子集，包罗万象。我就担心他突然问我某本书咋样。

　　恰巧这个时候，我的爱人插话说：老师，你知道吗？这些书王帅都读过了。

我身上都起冷汗了。看这话，说得多不是时候。

吾师回头一笑，问：是吗？

我赶紧说：这些书都是我自己买的。您看，书封还没有拆呢。

嗨。这么多年来，我和她之间这么默契，想想看跟那天确实有关。那天满足得一塌糊涂，那天又不足到汗流浃背。

这几天自觉地跟老师说，我想编辑一本家庭日记送给她们做礼物，您帮我写几句话吧。

老师说：我担心我写不好。

「是吗？」

「老师，这些书王帅都读过了。」

上下五千年

花鸟鱼虫

老师
这些
书王帅
都读过了
是吗

都读

她們

吃火锅

梅花落了没几天，梅子已经青青。从花开到花落，到准备泡梅子酒，这棵梅花树给我们一家带来太多快乐。

如果你不留意万物生长的过程，不亲近她，那就会对她有陌生感，我们跟自然之间的关联就容易被忽略。我们对自我的理解可能还是个体的，单独的，自我的。人生的真实深度和丰富广度，难免会受限制。

铜钱草冬天也没有残败过，现在更好，他昂首挺胸着，精神得一塌糊涂，让人感觉到眼睛的无比快活。

春天是个花姑娘，但是人总有很多春天之外的事情。既不是春草才能没马蹄，也不是踏花归去马蹄香，小荷初立，草木不深，疫情的萧索总会牵引出太多感情的波动。

这个春天，对我而言也是反常的。我经常烧炭火，做汤料，带女儿们涮火锅。

在春天里吃火锅的时候，我就想起朱自清先生的《冬天》。

听那炭火泉烤下的

水的欢乐的声音

像是最懂我的人，

唱给我的歌

他写得好的文章当然不止《春》《背影》《荷塘月色》。这篇在冬天里吃火锅的忆旧文章，真有"空床卧听南窗雨，谁复挑灯夜补衣"的缠绵悱恻与清净温润。

他说："我们有时也自己动手，但炉子实在太高了，总还是坐享其成的多。这并不是吃饭，只是玩儿。父亲说晚上冷，吃了大家暖和些。我们都喜欢这种白水豆腐；一上桌就眼巴巴望着那锅，等着那热气，等着热气里从父亲筷子上掉下来的豆腐。"

他还说："外边虽老是冬天，家里却老是春天。有一回我上街去，回来的时候，楼下厨房的大方窗开着，并排地挨着她们母子三个；三张脸都带着天真微笑地向着我。似乎台州空空的，只有我们四人；天地空空的，也只有我们四人。那时是民国十年，妻刚从家里出来，满自在。现在她死了快四年了，我却还老记着她那微笑的影子。

"无论怎么冷，大风大雪，想到这些，我心上总是温暖的。"

说实话，我经常看着火锅，听那炭火炙烤下的水的欢乐的声音。像是最懂我的人，唱给我的歌。

财迷心窍

我兴奋地对老婆说：

我们家的铜钱草长得可真茂盛啊

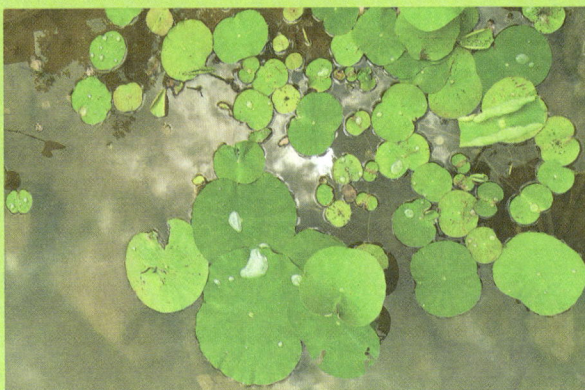

"这是莲叶。"

一天，

我兴奋地对老婆说：

我们家的铜钱草长得可真茂盛啊。

她说：这好啊。

我说：你知道最大的有多大吗？

她说：多大？

我就比画了一个海碗给她看。

她说：不可能。

我说：怎么不可能呢?你来看。

她跟着我去看了一眼，说：

这是莲叶。

买菜对我来说，
是一件美好而愉快的事情。

她们

菜市场

买菜对我来说，

是一件美好而愉快的事情。

当然要去大的菜市场。

在超市里买菜，

是趣味大减的，

看不到在你眼前展开的、生动的季节。

眼前的人都是健康而质朴的，

微笑而自然的。

好像再急躁的生活节奏，

在这里就一下子铺展开来，

水面辽阔，大河缓缓。

王氏菜譜

随着眼前场景变化的，

还有脑海里随之对应的菜单和美食。

我今天看到水萝卜，

就想起汪曾祺的杨花萝卜，

还想起朱自清笔下从容的白水豆腐。

我今天就非常开心。

我想，再枯燥的工作，

都掩盖不住这般生活的生动。

虽然我买的菜都未必是最好的，

但是卖菜的人都一定是微笑的。

路上，我还在跟同事说：

今天的柳树，好像一回头就绿了。

禅让制度的由来

老婆的消息提醒从旺旺上跳出来，

给我说了一件家庭大事：今天女儿落户了。

我们重新确定了大家庭的管理体系及组织架构。

她是这样对我说的：

孔 来自淘宝网 (15:41:50)：
哈哈，女儿终于有身份啦，我们全家总算都在一起拉
王帅 (15:42:00)：
哈哈哈哈，失散这么久
孔 来自淘宝网 (15:42:46)：
原本想让你当个户主。结果你在集体户口是小户主，要取消各种手续。那个民警说，让爸爸随你把
哈哈，所以你只能追随我啦
王帅 (15:43:32)：
哈哈，户主也没当上
孔 来自淘宝网 (15:43:49)：
哈哈，没法，只能说是注定追随我啊
王帅 (15:44:01)：
我需要改姓吗？
孔 来自淘宝网 (15:44:21)：
哈哈哈，以后就叫孔王氏吧
王帅 (15:44:38)：
嗯。你以后可要对我好啊

春华秋实

　　老婆让我给她的展览写一篇卷首语。我受宠若惊战战兢兢诚惶诚恐如履薄冰地如喝老茶刮肥油般在上班时间偷偷写完了。

　　原文如下：

文/王帅

女儿　那天早晨我还躺在床上呢

下雪了，跑到我的房间，室内温暖如春，然后呼啦一下，"爸爸，快……室外的雪已经满园……

这神奇就……一下子拉开，

我素来觉得真就是没有……

日复天欲得科学削弱了没有天气……

性，昆云压城，就是有一，预报的好处……

雪头，

那天早晨我还躺在床上呢，两个女儿跑到我的房间："爸爸，快看啊，下雪了!" 然后呼啦一下子拉开窗帘。室内温暖如春，室外的雪已经满园。

这种惊喜就是没有天气预报的好处。我素来觉得科学削弱了很多事物的趣味。晚来天欲雪，就是有一种不确定的可能性；黑云压城城欲摧，更有一种紧张感；露从今夜白，星垂平野阔，都是大美而不可言喻的。如果这个时候，突然有个广播声音：各位市民请注意，今天微风三到四级。那简直不是乘兴而去兴尽归来，而是实在太扫兴，毫无兴致可言了。

自然也就是自然而然。自然而然的，花就开了；自然而然的，果实红了；自然而然的，本来的面目越来越清晰了；自然而然的，认清楚自己。自然往往带来一种自在的状态，大自然倒未必大自在。

我想这就是芸廷把新馆的第一次展览取名为"春华秋实"的原因。可能到了这个展览的时候了。每一张画，都是我和她的交流的结果，黄宾虹也好，吴湖帆也罢，每次她都要把家里的钱，数了又数，最后告诉我，买吧。

唉，我这个人没什么好习惯，但一身坏毛病都是老婆惯出来的。

我特别感谢她的付出和大度。我的老师跟我说：王帅，你是一天到晚游泳的鱼啊，终于游到了鱼缸里。这里透明，温暖，富有氧气。这口鱼缸说的就是她。

我的老师也永远年轻。

为了这些，这小半年来，我经常看着我的爱人跑来跑去地开会，定选题。这大大影响了她对我照顾的周到程度。我有时候会漫不经心地跟她说：开大会解决小问题，开小会解决大问题，不开会解决关键问题，天天开会就不知道要解决什么问题了。但她总以为我在说别人。不过对于我的家庭地位而言，这个结果也是一种自然。

王帅，

你是一天到晚游泳的鱼啊，

终于游到了浴缸里。

这里透明，温暖，富有氧气。

这口鱼缸说的就是她。

大概二十年前吧，我爸爸在我家门口种了一棵银杏树苗。

我记得我当时对这种行为嗤之以鼻，这得什么时候才能长成树呢。但是现在，这棵银杏树枝繁叶茂，旺盛得一塌糊涂，漂亮得难以言说。

这就是时间的结果。你回不到过去的时间，也不必要急于知道明天会发生什么。你只要想，到了那个时候，那个结果就在你一转身的瞬间等着你就好了。

我有时候想起来顾城的那首《门前》：草在结它的种子，风在摇它的叶子，我们站着，不说话，就十分美好。

我相信这个展览就是这样的一种状态。

结果有什么重要可言呢。

"结果有什么重要可言呢。"

我

没想过

山外的世界

我觉得

这里安静

适合我

她們

此间乐

故乡的山其实都是一列连绵的丘，海拔在两三百米之间，是我童年的乐园和至今思念所在。

胶东四季分明，这在山上有直接的体现，我从早晨跑到晚上，从春天开始跑遍四季，从这座山跑到那座山。

有时候看看山下，风物确实小很多，看看天上，白云依然高高的。看过草木颜色变化，听到虫声逐渐苍凉起来。

吹过风，淋过雨，烤过火，踏过雪。

我没想过山外的世界。我觉得这里安静，适合我，不管是放眼还是坐下，眼前的和身边的一草一木，一呼一吸之间，好像是一体的，同步的，孪生的。

我干吗要跑更远啊。我是被各种需求和无常，带到一个一个陌生的地方。在陌生的环境里，我又是靠内心的那些宁静，让自己不焦虑。

知识

我记得我和同学第一次跑到黄河。黄河真是大，但对我来说是陌生的，我对他有隔阂，亲近不起来。虽然我回去就写了类似"长江黄河是母亲的两行眼泪"这样的话，但这不真实。我的母亲刚强又倔犟，可她只会温柔地看着 我的两条拖到胸口的鼻涕发愁。

　　我知道三山五岳，大江东去，荡胸生层云，念天地之悠悠，但我的情绪呢，不管是在五层楼还是宇宙飞船上，都挺恒定。我即使跑那么远，看的也还是眼前的人，想的还是心里的事，我就觉得这是纯粹的物理移动。

　　我对这个世界没那么好奇。但我对人这个东西充满想象和迷恋。在哪里都是人山人海的，不缺丘壑。

　　我每天都在学习很多知识，有时候就不爱学了。学那么多知识，抵不上一个硬盘，这才多少钱啊。

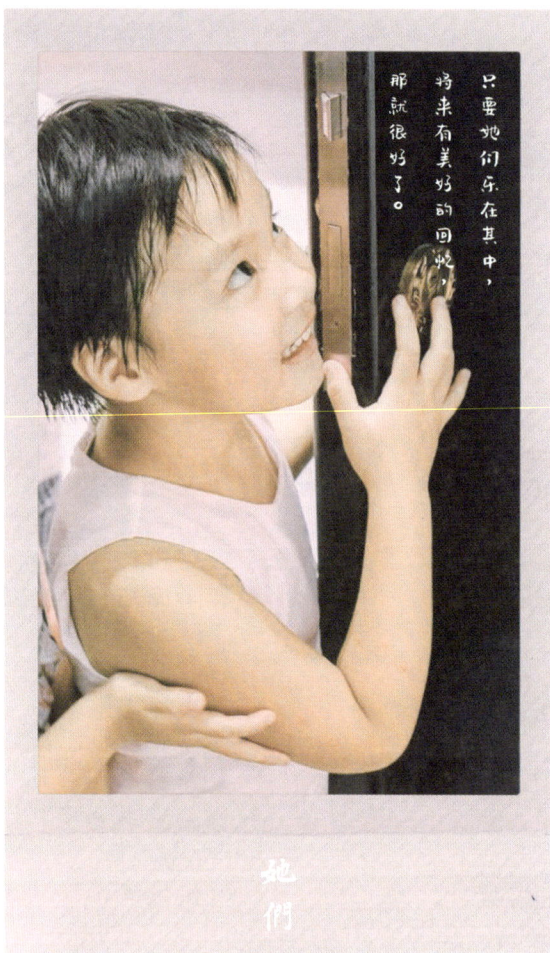

只要她们乐在其中，
将来有美好的回忆，
那就很好了。

她们

但我觉得所有的想象里，

瞎想是我擅长的。

瞎想的时候目中无人，心里没事，

脑子不知道跑到了哪里，

时间一下子就过去了。

我现在在去黄山的路上。

女儿要去，

我让朋友准备了小鱼、小虾，

要跟她们一起捡板栗，看野花。

我很担心。

我担心她们对我说：

爸爸，我们一起爬山吧。

那我也得爬啊。

这不是她们的错误，

她们成长的世界，跟我成长的世界没有可比性。

只要她们乐在其中，将来有美好的回忆，

那就很好了。

前因后果

女儿小的时候，我逗女儿玩。

我说:小猪头~~

她就开始笑。

我又喊她:小傻瓜~~

她还是冲着我笑。

女儿大了之后，

突然问我:爸爸你是不是猪?

答:我不是猪。

问:你像不像猪?

答:我当然不像猪!

问:你如不如猪?

答:如猪……

经此遭际，

我算是对因果报应有了新的理解。

她们看到保安
都会肃然起敬，
更别说她们看见老师了。

她们

第一次家访

其实昨天她们就很当回事了。

妈妈跟她们说了家访的时间表。

现在的上学，基本都是"科学"了。

我记得那年我在河里摸鱼，

突然有个同学喊我：

王帅，明天就要上学了啊，

老师找不到你，让我告诉你。

今天，老师到家里了。

她们突然安静下来。

我特别理解，

她们看到保安都会肃然起敬，

更别说她们看见老师了。

孔非泡了茶。

这个时候我毕竟是一家之主。

我说：老师辛苦，我要去菜市场买菜了啊，你们谈。

爸爸也挺怵老师的。

端午节

我一直不喜欢吃粽子、汤圆，还有月饼。甜甜腻腻，又软又糯，就像坐滑梯突然遇到了上坡路，吞不下去。这也看出来我确实不是吃软饭的人，我在家里的地位，那是实打实的真本事挣来的。

但我对端午节以及其他节日都充满期待。你看，每个节日的名字都充满诗意，譬如二十四节气。刘树勇先生画过一整套的二十四节气，那真叫透彻、痛快。刘老师是个勤奋的天才。天才都爱喝茅台。

我对端午节的记忆尤其深刻。端午节我要早起，在太阳出来之前，到山野里把艾草、小麦，以及桃枝集齐，挂在大门上。麦地很近，艾草更是出门就有一大片，但是离我们家最近的那棵桃树，在另一座山上，是要翻过一座山的。

　　上山的时候露水很重。我摸黑爬山。刚从暖暖的被窝里起来，露水就特别地凉，一会儿裤子就会湿透，贴着腿的沉。这时候，天就快亮了，晨曦在慢慢透出来，桃树越来越近，走着走着就开始暖和起来。

那一年，我采完桃枝，要下山了。回头一看，人简直就惊呆了。

或在一座山的顶上，看另一座山，眼前的整座山都像被欲出的太阳托起，如海洋般涌动着，再转身看身后的桃树，突然绽放了满树的桃花，一棵树接一棵树，整座山都开满了桃花。海浪波涛汹涌，世界静得只有我的呼吸声。

这个场景就这样成了我生命里的一张底片。后来我遇到很多很多的事情，都会不自觉地翻出记忆中的这张底片。

她让我知道真正让我震惊的东西是什么，是天地大美而不言，是安安静静，是干干净净，是一个人从红尘里看出透明来，是不亏欠任何人的。

告密是有风险的

早晨，胡乱拿起一瓶喝过的矿泉水。一喝，我睡意全无。水是甜的。我快速找到姐姐的那瓶矿泉水。一喝，也是甜的。而且矿泉水的标签也撕掉了。我立即有跟她们妈妈即我的爱人分享秘密的冲动。但我忍住了。将心比心，我觉得她们做得很机智，很隐蔽。这一点是值得表扬的。

万一老婆藏不住秘密，说我是叛徒呢？

吃早餐的时候，我又没有忍住，我问她们：什么矿泉水是甜的啊？

她们说：昨天妈妈给我们买的啊，桃子水是甜的。

我心里百感交集。幸亏没有搞有罪推论。

大人太不好玩了，没有猪黑，没有狗跑得快，没有乌龟长寿。成天想着别人的事儿了。自己知道点什么事吧，就又什么也藏不住。

给脸不要脸

"我真是天生一张无处安置的脸啊"

早晨，

女儿迷迷糊糊的，

伸手去摸妈妈的脸。

我就把我的脸凑上去了，

想替老婆分担一点压力。

然后女儿就把我一把推开，

醒了。

唉，

天下之大，

我却有一种孤独的感觉。

我真是天生一张无处安置的脸啊。

我想，这大概就是那句俗话：

给脸不要脸。

好爸爸都是表扬出来的

最近几天，为了响应光盘计划，我做菜比较频繁。

搞得家里几个看到别人做的菜就没胃口，想带她们出去吃吧，她们说不出去，还是爸爸做的菜好吃。我想我不能辜负这份信任。

今天一早我脑子里就在排菜单。我想，如果我学习这么努力，肯定早就毕业于北京大学了；如果我工作这么努力，世界经济就不会到今天这个地步。

早晨带女儿去摘喇叭花的时候，我还在琢磨菜谱，另外也反思了一下昨天饭菜的不足。我说：爸爸昨晚那个菜其实还是有缺陷的，因为你们拔的青菜太老了。她们说：那也还是最好吃啊，所以我们吃光光了。

现在我们在回家的路上了。可是我的心提前飞到厨房了。路边的各种绿色植物从车窗外飞奔而过，我都想停车把它们炒一炒了。

急性肠炎及气胸

1998年，我在济南，一天晚上跟同事忙到很晚，就一起去吃烤羊肉串。回到家就糟糕了。肚子剧痛，呼天抢地，丑态百出，狼狈不堪。

挣扎着忍到医院。值班大夫是一个阿姨。她让我去检验几个指标。我实在忍不住了，我说这就是急性肠炎啊！语气冲动，来回几句，但大夫温温和和，我真是满腔的怒火窦娥冤，冤大头撞在棉花上。

只好走流程。一个流程是检验的流程，一个流程是我捂着肚子、不断地去厕所的流程。两个流程下来，我吃了两片药，很快就好了。

我开始内疚，说：阿姨，刚才我实在太痛了。对不起。

阿姨说：你们做记者的也不容易，回家尽量吃一点有营养的东西，不要一下子吃太多。

我说：好的，我喝点牛奶。

她说：不要喝牛奶，牛奶不容易消化。

我突然就感觉自己被女性特有的细腻打动了，感受到了强烈的母爱。

我不记得这个大夫的样子了。

但这个场景是柔和的，是温暖的，是阳光斜洒的。

2005年，我在杭州，过着拼命三郎的生活。

晚上呼吸困难，到医院一查，马上被安排住院。检查结果是气胸。我就很沮丧，怎么每次生病都是半夜的。

我有一段时间经常去医院采访，跟几个大夫很熟，他们抽空就带我去值班室抽烟。

我觉得他们比记者苦多了，基本都是通宵工作。彼此感叹，无话不谈，所谓闺蜜，也不过如此吧。

他们让我出事一定去找他们。我内心想想，还是算了吧。

这次气胸，我住了几天院。内心愉悦，感觉这才是真正的休假。

每天早上护士都来看我。我也看她们。我变得侃侃而谈，她们来看我也越来越频繁。

有一天，同屋又来了一个患气胸的老兄。医生开始叮嘱，讲病因。我就接过茬儿，详细地以身说法，现场直播奥斯卡最佳配角版《什么叫气胸及其症状》。大家哈哈大笑，其乐融融。

我得出院了。

贾宝玉无论在哪里都会遇到林黛玉的。

我知道我这臭毛病，一旦被照顾，就想照顾人。

我有时候总是混淆"执于礼"和"执余手"。

最近好多了，但仍呈死灰复燃之态，还需多多警惕。

我们家是一个庞大的家族，我们村诞生的三个大学生，都是我们家的。这一度是一个骄傲。后来我就不提这件事了。这三个人，其中一个是我的堂哥，是个医生，做手术时不小心被感染，四十岁左右就去世了。

　　说得出来的快乐和说得上来的痛苦，都是肤浅的。

　　我在写这个文章的时候，脑海里还有很多场景，刚想说就打住。

　　有些事情让她在你心里存在过就好。何必再提。

　　有一天我跟我的老师谈起贾植芳先生。我说贾植芳能写出《把人字写端正》这样的书，真是铁骨铮铮的汉子。

　　我老师说：他是你师爷，不可造次！

　　然后他发送给我一张书法小品的照片。

　　我把这段内容分享给大家。

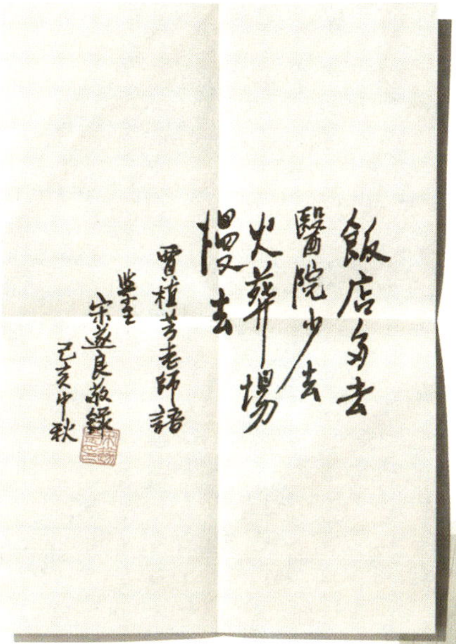

飯店少去
醫院少去
火葬場
慢去

賈植芳老師語

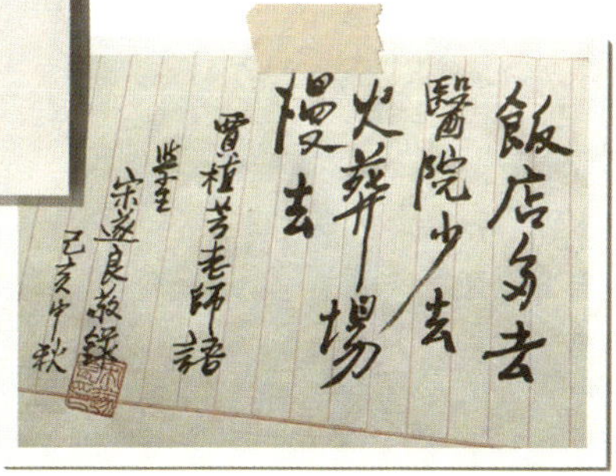

学生宋遂良敬錄
己亥中秋

因为整天，都这么美好。

都忘记我们要去挖荠菜了。

她们

荠菜

荠菜是记忆里的菜，
没有多好吃，就觉得美好。

我有一次跟她说，
我们以后一起去挖荠菜。
叶子归叶子，根归根，清清白白的。
我说这句话的时候，
就觉得我们俩是一对小孩，拉着手在田野里走。

结果都是我骗她的。
她也知道我在骗她。
因为整天，都这么美好。
都忘记我们要去挖荠菜了。

她
們

家家有本难念的经

我是一个顾家的人。

我经常问我爱人，家里面还有多少钱。我得盘算一下，避免入不敷出，免得让她为难。黄鼠狼给鸡拜年，年年如此，那就要讲点良心了。我总是严肃、落寞、抑郁、真诚，又是随口地问她，免得她感到很突然。

我还会叮嘱她：你说实话，千万不要勉强，我自己，一切无所谓的。

我觉得自己不纯洁，不干净，不直接，不磊落。

可我觉得自己的爱人太幼稚了。

爱情真是让人盲目。

但她每次都说：你不要担心，我给你买就好了。

我每次都很踏实，每次也很内疚。

我感受到浓浓的母爱，觉得自己是放养的汉子，圈养的丈夫，豢养的孩子。

蒹葭苍苍

昨晚回家，女儿们在玩各种动物玩具。

她们越来越大，玩具也越来越大。现在，她们和玩具基本上都接近1:1的比例了。她们也玩成了奔跑的小鹿，跳跃的海豚。

我在边上想，再过几天，她们就要上一年级了。我相信她们，上学也会有上学的玩法。

大女儿突然停下来问我：爸爸，"举头望明月"这首诗里的其他句子是什么。我把全诗背了一遍。又补充说：其实你们在哥斯达黎加和加拿大的时候，爸爸就是这么个场景。有没有月亮，是不是故乡都一样的。

她们俩若有所思，跟着我背了两遍。话音未落，就又跑到自己的森林里奔跑了。我脑子里却还是她们刚刚背诵的声音。

　　所谓清脆，所谓"大珠小珠落玉盘"，

　　所谓"丹山万里桐花路，雏凤清于老凤声"，

　　所谓"竹喧归浣女，莲动下渔舟"，莫过于此吧。

　　随意春芳歇，王孙自可留。

　　王某人一下子魔怔在那里。这些都是谁教她们的呢？我从来没有教她们背一首诗，也没有教她们认字。

有一天，她们突然指着墙上流沙河先生的书法作品读给我听。"春眠，春眠不觉晓，处处闻啼鸟，夜来风雨声，花落知多少。"

有一天，我的朋友，她们的好玩伴孙扩叔叔要走了，大女儿也是突然地说：李白乘舟将欲行，忽闻岸上踏舟声，桃花潭水深千尺，不及汪伦送我情。

我说是"踏歌声"。

有时候送别也是一种愉快的事情啊，因为对方还会再来的。

我们又一起朗诵了两遍。然后，我半夜起床，把那天的事情记录下来了。

　　从妈妈怀孕到生下她们，这个世界，对我而言，多的不再是突发新闻、危机、预算、战略、管理，而是意料之外的惊喜，惊喜之后对生命的感悟，感悟之后对自己的提醒。

　　我在今年对集团的述职报告中，特意加上了两条，第一条是玩物不能丧志；第二条是恕，对别人可以客观，但不能刻薄。

生活和工作哪里分得开呢?

隐于首阳山, 采薇而食之, 不仅会耽误工作, 而且会饿死自己。

其实也没必要分开, 两者本来就是红尘中的一部分, 红尘和红尘怎么分开呢?混沌和鸿蒙, 一滴水和一滴水融合成的一滴水, 怎么分开?

很多时候我们模糊了对立和不同, 我们习惯了高下相形。你看自己的影子, 她随着角度的不同, 光的不同, 变化得那么安静, 这都需要我们认真地看的。

我们有时候也会混淆偶然和必然的关系。

有一天，我跟同事开会，他的PPT用了一张向日葵的照片。

我说，向日葵既是最灿烂的花，也是最狡猾的花，你看，太阳在哪里，她就看哪里。

哈哈，写到这里，我突然想起来女儿的狡黠的笑容：爸爸你难道不是这样吗？妈妈在哪里，你就跟在屁股后面在哪里。

这个我不否认。

今天早晨，我的老师发给我一段视频，他祝我和孔非生日快乐。

他说：王帅自从嫁给了孔非以后，就像鱼儿游进了大海，鸟儿飞进了丛林，顺了妥了，上道了，由一个流浪儿童，变成了一个谦谦君子；由一个调皮捣蛋的孩子，成了一个乖乖宝。

这就是嫁鸡随鸡，嫁狗随狗。我不追随她追随谁，我不仰非，仰什么？

早晨的路上，我在车上突然想起一首诗歌，这首诗让我觉得安详：

　　　　我知道永逝降临，并不悲伤；
　　　　松林中安放着我的愿望。
　　　　下边有海，远看像水池，
　　　　一点点跟我的是下午的阳光。
　　　　人时已尽，人世很长，我在中间应当休息。
　　　　走过的人说树枝低了，走过的人说树枝在长。

她
們

这可能就是一个完整的人生吧。

中间是流水一样的时间。

而在流水的对面呢，

是三个花枝招展的美丽的姑娘。

我们一起来读吧：

　　蒹葭苍苍，白露为霜。所谓伊人，在水一方。
　　溯洄从之，道阻且长。溯游从之，宛在水中央。

　　蒹葭萋萋，白露未晞。所谓伊人，在水之湄。
　　溯洄从之，道阻且跻。溯游从之，宛在水中坻。

　　蒹葭采采，白露未已。所谓伊人，在水之涘。
　　溯洄从之，道阻且右。溯游从之，宛在水中沚。

宝宝，祝你生日快乐。

她
們

简爱

在梦里跟一些事情纠缠，索性就醒来。房间的灯都关好了，我明白是我睡着后，孔非关掉的。

我记得看过一篇文章，增加母鸡的光照时间，会提高母鸡的产蛋量。她可能没看过那篇文章。两口子斗嘴确实需要很多知识，斗智斗勇，横逸斜出，才能有一槌定音余音袅袅胜负立判后果自负的下场。

现在房间里静静的，我听了几分钟，她们连翻身都没有，今天真的是走累了。

这几天我是第一次到台北，也是我第一次带她们到台北。

吃晚饭的时候，我问她们，今年都去过哪几个国家啊？她们说：澳大利亚，日本，日本，澳大利亚。话音不停，感觉有满树的花争先恐后地开，泥土里的种子噼里啪啦地发芽蹿出来。

我问："你们还想爸爸带你们去哪个国家？"

"桃李春风。"

桃李春风是我们杭州的家。

借钱无果

"她们的密码已经被我破译了"

周末的时候，我看着女儿的两个小小的保险箱。那里面有她们历年的压岁钱。觊觎良久，垂涎三尺。

据我观察，她们经常会数一数，警惕地转移一下存放位置。其实我早就替她们数过了。她们的密码已经被我破译了。但我想借此测试一下自己晚年的际遇。

我问她们：妈妈现在需要两万块钱，爸爸实在凑不出来了。她们立即警惕起来。我说：能不能先把你们的钱借给妈妈？她们说：不借。

我说：就用一下，一个月后就还给你们。她们说：不行！

我说：那一个月后，爸爸还给你们，然后再多给你们1000块钱好不好？大女儿有些犹豫，跟我确认：如果是这样的话，那就借给你。但是你一定记得要还给我啊。

我说：好的，谢谢你，大女儿。

小女儿说：姐姐，不能借，爸爸万一不还呢？

姐姐说：那还是不借了。

京酱肉丝

"我只找到一根筷子"

晚上，
老婆给我端来吃的。

其中有一盘京酱肉丝。
炒得国色天香熠熠生辉娇若惊龙羞花闭月。

刚才她来收拾东西，
很惊讶地问：
你怎么一口菜也没吃，
就只把饼吃了呢？

我说：
我只找到一根筷子。
吃饼我已经很满足了。

酒不醉人人自醉

"她们喝的是水，我喝的是白酒"

那天晚上真的喝多了。

早晨起来，

躺在床上回忆昨晚的事情，

想了好久才想起来。

昨晚女儿学会了干杯这个动作。

她们喝的是水，我喝的是白酒。

大女儿说：爸爸干杯。我一饮而尽。

小女儿说：爸爸干杯。我一饮而尽。

大女儿说：爸爸干杯。我一饮而尽。

小女儿说：爸爸干杯。我一饮而尽。

大女儿说：爸爸干杯。我一饮而尽。

小女儿说：爸爸干杯。我一饮而尽。

大女儿说：爸爸干杯。我一饮而尽。

然后……

匹诺曹

匹诺曹的故事
都是大人
用来骗小孩
不要撒谎的。

晚上，我们谈论起，孙扩叔叔家的猫又怀孕了。
她们两个就特别开心，
问，那鼻子像加菲猫的吧？
孙扩说：可能长一点。
我说：就是和匹诺曹一样。

多好说：
匹诺曹的故事都是大人用来骗小孩不要撒谎的。
我说：未必啊。

她说：我现在就演示给你看，爸爸。
她说：我没有吃芒果。

她是在吃芒果的时候说这句话的。
我听完就觉得自己的鼻子更挺了。

配音

金风玉露一相逢,
要珍惜那朝朝暮暮。

王帅先生诗句书应

春風最隨美人意

為她開了百種花

孔非女士雅屬 辛丑夏白蓮滇

我睡眠不好，睡觉前各种别扭。很多时候就找一个垃圾剧，看到一两集慢慢睡过去。而且这一两集我会反复看。把它当熟悉的广播剧听了。闭上眼睛，就能想到下一句话。

昨晚也是。我的爱人也表演了一下。电视的声音关掉了。每一句台词，她都能准确、惟妙惟肖地说出来。

我内心特别感慨。她从来没有抱怨过我看这些垃圾剧，影响她的睡眠。

她心里想的应该是我怎么才能睡好。久而久之，她对台词就很熟了。我想，这就是爱情吧。

一不小心的开心，就暴露了那么长久的忍耐。

金风玉露一相逢，要珍惜那朝朝暮暮。

这是爱情一种。也是静好生活。

看画去吧

"手如柔荑，肤如凝脂"，
学问大的人形容佳人，
都爱选猪蹄子，猪大油来对比。
这明摆着憋着一点儿坏。

老树生怕自己学问大，
说话都是直白的山东普通话，
鲁普。
偶尔蹦出一两个学术名词，
就忙不迭地赶紧用鲁普再翻译一下。

他画画配的诗，

若是能用"两个黄鹂鸣翠柳，一行白鹭上青天"，

就绝对不用"沧海月明珠有泪， 蓝田日暖玉生烟"。

这就让他的四十多万粉丝情很可堪。

看看留言，

那叫一个人山人海，红旗招展，

个个都是奥运火炬手，献策献计，重在参与，

"画得好，画得好，改天我也画两笔"，

"哈哈，这诗写的，跟我想的一样，一模一样啊"……

老树的画里面，

是没有紧张和冲突的，

没有所谓风萧萧兮易水寒，

敢教日月换新天，

倒是常有旧友故知，

半盏清茶，

些许寂寞；

老树的画里面，

也没有什么怨气、戾气，

所谓牢骚过盛防肠断，

决眦入归鸟，

没什么"大不鸟"。

红紫七色花，

绿萝天净沙，

长衫人在课堂，

在山脚，

在书房，

在案旁，

在旧时里弄，

在树下野塘。

在大梦谁先觉，

在春眠不觉晓，

在真想困一觉，

白娘子她在搓澡。

所以有烟是美，

有酒是美，

有毛豆是大美；

且行是美，

且远是美，

且多亲近来往是大美。

生活像个麻脸的姑娘，

看着看着就俏起来了；

三千烦恼丝，

理着理着就秃顶了。

这下清爽了吧？

没什么可着急了吧？

苦辣酸甜咸，

有管上火的，

必定有能败火的。

所以大葱是羑，

大蒜是羑，

就着下两个馒头是大羑；

所以扯淡是羑，

闲扯淡是羑，

用山东普通话闲扯淡是大羑。

哈哈，

羑是一种能力，

也是一种本事！

能把画画作诗学会，

这已经是很大的本事了。

能把一些学会的东西忘掉，

这本事更大了一些。

再大的本事

也忘不掉浓重乡音，

唐宋遗韵，

桨声灯影秦淮河，

暖灶社火长安街。

记着也好，

权当忘了。

所以痛定思痛是好，

咱有创可贴；

不求甚解是好，

看你怎么解。

缺陷是好，

遗憾是好，

闺中少妇不知愁，

悔教夫婿觅封侯；

青春是好，

回味是好，

少年不识愁滋味，

栏杆拍遍，

罚款五百。

坚硬的稀粥，

柔软的舌头，

无忧河上浪荡汉，

冠盖京华肥马城。

就此打住。

看画去吧!

西湖好
噀大酒灌珚碧樓
眼前菊花開欲亂
此氏昏有人王〇扁舟
遠〇一眉然 克計

癸巳夏〇時荼聞友嘴湖上

快递员

赶紧去拿块尿布。

好嘞!

她们

中国电商的发展，毫无疑义地推动了快递行业的蓬勃。

做了这么多年的电商，我当然深有体会，游刃有余。

譬如喊我：

赶紧去拿块尿布。好嘞！

你把奶瓶递给我。好嘞！

你去看看汤熬得怎么样了。好嘞！

传达室有我们的快递。好嘞！

你去睡觉吧。好嘞！

事实证明，在信息时代的家庭里，如果没有战略的提前布局，专业的核心技能，和承揽第三方业务的务实心态，是很难持续发展的。

另外，我觉得之前的苏联民歌《我盼邮递员来》，现在可改为《我盼快递员来》。

这是刚需。不可一日或缺。

看见小女孩就迈不动腿

女儿们出生后两天，
她们的妈妈对我说，
这些天你很辛苦，
现在一切都很好，
你出去喝顿酒吧。

那个时候，
其实我已经在想女儿二十岁时候的事情了。
我觉得她们应该拥有美好的品质和美好的事物。

我来到一家专卖店。

我想，
多年后店主可能会说：
我头一次碰到这样的客人，
进来给女儿买首饰，
要那种亮晶晶的好看的首饰。
我一问女儿多大？
他说已经两天了。

我有一张程十发先生的《相依》。
画中的两姐妹恬静，美好，
繁繁简简，虚虚实实又神定气闲。
脸庞都散发着苹果一般的香气。
艺术家手中的画笔，
就是离不开感情这个东西。

她们还要在一起好多年呢。
我和我的爱人也是。
执子之手，与子偕老。

到时，我们两个已是删繁就简之树，
看她们花开似锦，月满西楼。

想想都很美好，觉得时间的流动，
不是逝者如斯，而是乐在其中。

相依

壽園同志珍藏
中覆吳生小照
印侔其

壬子初夏蕊園屬
舊雨寫於上浣

老大就是老大啊

妹妹，你看，
这样他不是就出去了嘛。

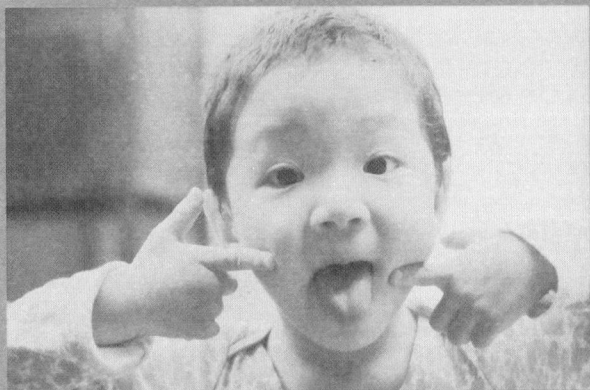

她们

晚上回家，

去女儿们房间看她们。

她们在看电视。

小女儿说：

爸爸你出去，你快出去。我们在看电视呢。

我就是不出去。

这个时候，大女儿起身，亲了我一下。

我就出去了。

刚走到门口，

就听见大女儿对小女儿说：

妹妹，你看，这样他不是就出去了嘛。

李白和孔老师

李白做事是不需要理由的。
孔老师做事也是不需要理由的。

她
们

李白做事是不需要理由的。

你看他，

十步杀一人，千里不留行。

事了拂衣去，深藏身与名。

这就是严重的刑事犯罪和逃匿行为啊。

孔老师做事也是不需要理由的。

有一天，

我早早地就观察到她内心的异动。

吃饭的时候，我躲得远远的。

我说：三米之外我都能感到你的杀气。

她瞪我。

我说：你别瞪我啊，你再瞪我，我立马假死。

我不能眼睁睁地看她违法乱纪。

理发

　　我好动，理发的时候最痛苦。

　　既然不是秃头，那头发总是要长的。夜雨剪春韭，一茬一茬地长。每次理发师对我说得最多的就是：你别动好不好。我说：好的，但你要快一点儿。

　　疫情解决了这个问题。

　　疫情期间，我爱人开始给我理发。她做事极其周到，各种工具，一应俱全。关键是她艺高人胆大，她说你就随便动，我把握住动态就可以的。

　　你还真别说，理得确实好。一年多来，我的同事经常对我的发型充满诧异。觉得老王这个人，年近半百，发型却一次比一次酷，每次都是新造型，比"95后"还要潮。

直到有一次，我去济南。

我朋友拉着我的手，泪在眼眶里，说心疼我，担心我压力太大。我很感动，我说没有啊，但我确实感动了。哪怕他是男的，得此知己也是难得的事情，否则跟女性夜奔一场，跑不了多远，盘缠花光，人终归也是要回家的。

我回家跟老婆说起这件事情，我说他怎么突然说这些啊。说的时候，朋友的信息正好发过来，他说:帅啊，我问过济南诸多名医，你后脑勺那些没头发的坑洼，是斑秃，没有什么好的治疗办法。当时人多，我不便明说，你要放松压力，慢慢地，或许就会长回来。

他说得很灵验，我的头发又长了。

"我好动，理发的时候最痛苦"

我对我爱人说：

你给我理个发。

中午我跟我老师去听雨，

把去年的梅子酒喝一下。

效果太明显了。

我现在正潇洒地行进在江南的春雨中。

春风不起，

我的发型也无法像特朗普一样了。

但不像就不像吧，

我爱人不会给我剪一个下岗老人的发型的。

我还得继续干活呢。

至于头发，

那还是随她随便理吧。

聊斋志异

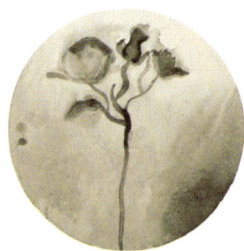

不接触《聊斋》的人很少。

写《聊斋》的论文很多。

很多人研究《聊斋》研究得比蒲松龄还出名。

我那天对爱人说：

你知道《聊斋志异》最常见的场景是什么吗？

是某生，见一女，即欲求欢。

我觉得《聊斋》是对女性的各种恋爱。

也是对男性的普遍否定。

我说：

你跟女儿讲《聊斋》的故事的时候，

让她们注意一下爸爸的观点啊。

有时候人心里住着妖，有时候妖心里住着菩萨。

溜达一下

爸爸
你还是
到外面
溜达一下
缓解缓解尴尬吧

我在屋外面喝茶。

女儿在屋里吃早餐。

一个摩登女郎来屋外拍照。

希望我配合一下，到屋子里去。

我说可以啊。

我看着那女郎对女儿说：

来，我们一起审个美。

我也拿起手机拍了一下。

大女儿说：

你当着妈妈的面拍别人，这样好吗？

我说：

这是爸爸记录生活的一种方式啊。

小女儿说：

爸爸，你还是自己到外面溜达一下，缓解缓解尴尬吧。

六一快乐

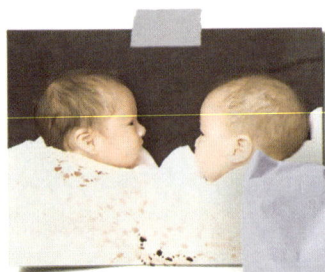

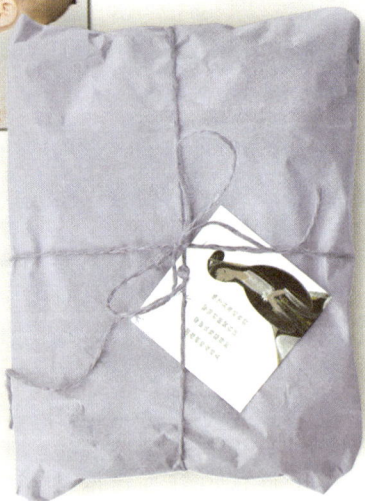

我第一件儿童节的礼物，
是一件白色的的确良衬衣。

这让我快乐。

那也是我
最后一件六一节礼物。

她让我悲伤。

集句：

　惯于长夜过春时，挈妇将雏鬓有丝。
　梦里依稀慈母泪，谁复挑灯夜补衣。

买菜

骨头不错。刀也吓人。

卖肉的是个女孩。

她第一刀剁下去，骨头没断；

吸口气，第二刀像闪电一样，骨头还没断。

我问：姑娘，你老公呢？

她说：出去吃饭了。

我说：你继续砍吧，我去看看其他的。你切成两刀的长短就可以了。

我出去等了半个小时，回来后看她满头大汗。脸红红的，我还多看了她一眼。

晚上我回家给她们炖汤喝，说起这个好看的女孩，被老婆表扬了。她说我做得对。下次呢，不要专买一家的。

让人绝望的柿柿如意

刘树勇先生是一个矛盾结合体：

膀大腰圆的山东好汉又慈眉善目；

一堆破事的快活人生又妙趣横生。

有一次他在杭州。

午睡时我去喊他，推门一看，嚯！

我第一次见一个人睡觉是跷着二郎腿睡的。

那个惬意，着实让人羡慕。

活生生一罗汉，满脸的拈花微笑。

好像难以理解，鲁智深和林黛玉成了彼此真爱。

有一次我俩在西溪游走。

对面走来一个姑娘，

和我俩擦肩而过。

我终属六根不净的凡夫俗子，

回头看她，

却见她正返回来对我走来。

她走到我们跟前，

热切地问刘老师：

您是不是老树？

天下總會出山
事有事就去
辦事辦完并
非無事
因為還
會出山
事老村

最近一次，疫情稍缓，刘老师再来杭州，
走的时候给我留了一张柿柿如意图。

画上有诗云：
天下总会有事，有事就去办事。
此两句尚好，人生态度淡然，有正能量。
接下来两句：
办完并非无事，因为还会有事。

真有飞流直下三千尺，一片孤城万仞山，
念天地之悠悠，独怆然而涕下的感觉。
这真是让人绝望的真实。
简直是巴尔扎克，陀思妥耶夫斯基，索尔仁尼琴大师。

猫咪

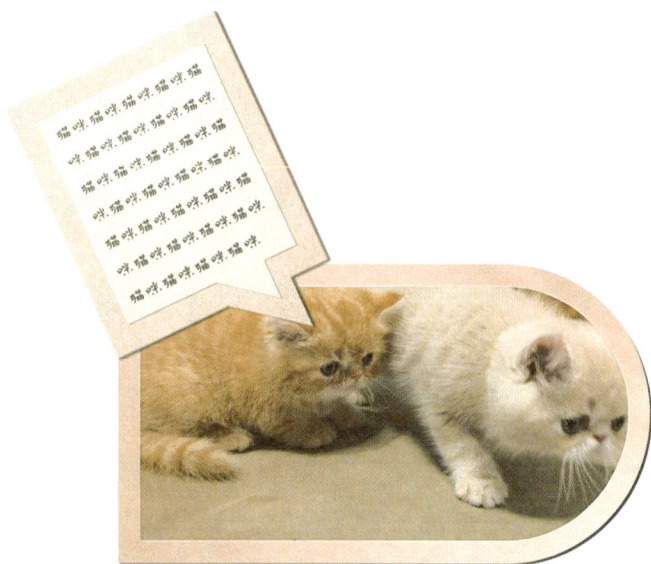

猫咪 猫咪 猫咪 猫咪 猫
咪 猫咪 猫咪 猫咪 猫咪
咪 猫咪 猫咪 猫咪 猫
猫咪 猫咪 猫咪 猫咪
咪 猫咪 猫咪 猫咪

我的朋友，姓孙，爱猫。

每次喝酒，他喊猫咪的时候，我就很警惕。

他说：猫咪。

他连着说：猫咪，猫咪。

他一晚上说：

猫咪猫咪猫咪猫咪猫咪猫咪猫咪猫咪猫咪猫咪猫咪猫咪
猫咪猫咪猫咪猫咪猫咪猫咪猫咪猫咪猫咪猫咪猫咪猫咪猫
咪猫咪猫咪猫咪猫咪猫咪猫咪。

那一定是醉了。

我很羡慕他，也特别佩服他：连酒后也是安全的。

我跟他不一样。我喝醉酒之后，总是习惯拉着老婆的手，
讲从前的爱情故事。

猫咪妈妈
和猫咪妈妈的妈妈及外公的一夜

她们的妈妈昨晚就已经有些恼火了。虽富态，但已经有西施病心而颦其里、五洲隐隐有风雷的预兆。

这个情况爸爸深有体会。此时需隐忍，谦让，憋牢，不讲话。如果这个时候喊：队长，别开枪，是我，你老公。那就一定会中枪。

女儿们还小，没爸爸的智慧。虽然她们已经自称是两只小猫咪的妈妈了，但宠物妈妈，还是个娃娃。她们俩很温柔地对待她们的猫咪孩子。

昨晚十一点，她们跑到我们的房间，说：妈妈，猫咪打呼噜的声音很好听啊。她们俩旋即如老鹰抓小鸡一般被驱逐出境。老母鸡实在累了，要休息了。母亲这个名称吧，会随时变换，一会儿是老鹰，一会儿是老母鸡。

今天早晨三点半的时候老母鸡已经睡了一会儿了。两个女儿抱着小猫，又出动了。我床上斜倚。妈妈是真睡了。

她们说：妈妈，你好好睡觉啊。我们没有什么事情，不是要你陪我们的。我们来呢，就是问一件事情，妈妈，你能告诉我们现在几点钟了吗？

我说：现在三点半了。你们要抱着猫咪去抓老鼠吗？

她们说：嗯，我们知道了。谢谢爸爸。

两人各自亲了我一口，对猫咪说：跟外公说晚安。再见。

边上的火药桶真的炸了。

"你们信不信我明天就把你们的小猫都送走!"

"妈妈，我们来就是让你好好休息，顺便问问几点钟了……"

她们两个马上以断绝母子关系的结果再度被驱逐出境。

但我下半夜睡得就很谨慎。

一腔的怒火就在我的枕头边上，这还是在夏天。我绝不多嘴。

早晨起来，她好像忘记了昨晚的晴天霹雳与万丈怒火，温柔地对我说：她们还没起床，说好了上午带猫咪去宠物医院看看呢。

我说：嗯。老成谋国，持家也是如此。

两情若是久长时，
便在乎这一朝一暮。

美好的早晨

刚才，去城里办事。

路过一个小区门口。远远地，我看到一个女孩，很好看，穿着薄纱裙，松散慵懒地从门口出来。

她看到我的车子，犹豫了一下，然后像跳水一样试探着步速，凌波微步，裙裾飘飘，罗袜生尘，不施粉黛，清水芙蓉，徐徐走来。

这不对啊！我赶紧喊刹车。话还没出口，女孩背后跳出一个男孩，紧紧地抱住她。

真是电闪雷鸣，一颦一笑，一举一动，一场游戏一场梦。

车子开过去了。

我一直回头看他们接吻。

真是让人忧伤又让人怀念的美好的早晨。

两情若是久长时，便在乎这一朝一暮。

我就记得阿诗玛、嚓秋莎。

我觉得还是老婆的名字好记。

名字和阅读

等老婆来的时候，

我就在想一件事。

希腊文学里的人名实在难记，

从宙斯到雅典娜，

到阿喀琉斯到俄狄浦斯到一堆斯，

我根本就记不住了。

然后读俄罗斯文学。

从陀思妥耶夫斯基到别林斯基到大货车司机，

我也头皮很大。

我就记得阿诗玛、喀秋莎。

我觉得还是老婆的名字好记。

她们知道

爸爸是一个喜欢孤独的人。

牛郎织女

我的女儿们半年前就开始自己睡觉了。

有时候她们睡醒了，或者做了什么噩梦，就会来到我的房间，一边流泪，一边轻轻地说：妈妈。

妈妈就一跃而起，带她们去她们的房间睡了。

有时候是一点钟。有时候是两点钟。有时候是三点钟。最晚是四点钟。但是天天如此。

她们知道爸爸是一个喜欢孤独的人。

她们离开之后，我往往会坐起来，抽一支烟，想：星汉西流夜未央，月色皎皎照我床。牛郎织女何所辜，隔着一墙想她们娘。

有时候同事说我工作太辛苦。

其实不是的。

我是在孤独的时候回一些工作邮件……

女儿的教导记心头

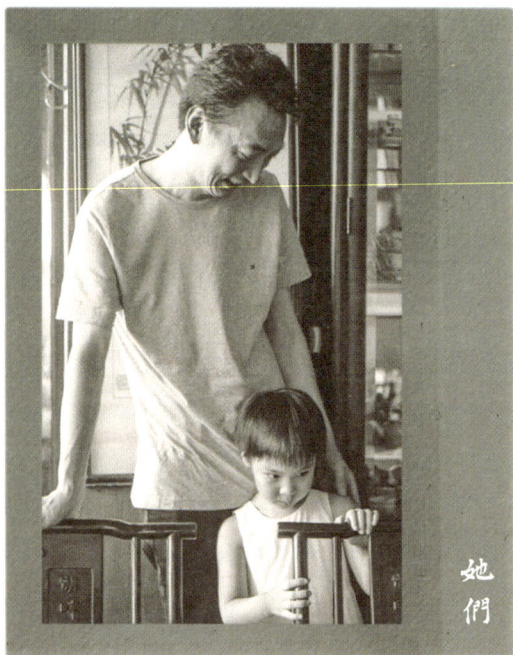

她們

惊回首，离天三尺三。

我一直觉得潘天寿先生，是美术界的战略家和特种兵部队。这对建筑界来说，损失太大了。

今年过年，我说，老婆，过年了，搞个气氛吧。咱们挂几张画。答曰：可。

我把潘先生的一张画小心翼翼地挂好。

画筒放在一边。我在饭桌上侧着眼一直看画。

忽见大女儿拿了一支马克笔，在画筒上用金石之气，写了一行字：王羽婧的画。

她对我说：爸爸，你知道吗？这些字一定不要写在画上面，那是对艺术的破坏。写在画筒上就好了。这张画我喜欢。

我一饮而尽，说：对！

女儿送我茅台酒

"爸爸，我送你。"

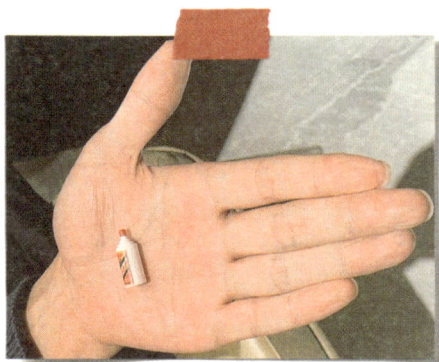

晚上我跟爱人说：

今晚八点，

天猫开售35000瓶茅台。

我说：

我也想买。

女儿在边上说：

爸爸，我送你。

我真是有受宠若惊突如其来严丝合缝上下承接水乳交融情深似海心满意足有朋自远方来不亦乐乎沐春风而花不落得千金不如得一女得一女恍若得千金的感觉。

况且还有两个。

爬山虎

金风送爽往往和秋雨绵绵在一起的。

中国的汉字真是奇怪，

即使用普通话来读，

这两个词传递的感觉，

也是一个让人精神振奋，

一个让人忧伤不已。

如果用方言读，

那肯定充满更多的情愫。

每天外界都在发生变化，

跟我们的内在发生着各种关系，

让我们产生各种情绪。

有亲嘴的味道，

有说不出的味道。

今天早晨，

秋雨划过我的车窗。

我就一直看雨点在车窗游走，

被风一吹，

一颗圆润的雨珠，

就会细碎地跑过你的车窗。

纤毫毕现，

像爬山虎的根须。

博尔赫斯笔下的老虎是绚烂之极，

武松手下的老虎虚张声势，

"周老虎"镜头里的老虎则查无此人，

但是爬山虎这种植物的名字里

怎么会有个"虎"字呢？

陈梦家先生的《小庙春景》我很喜欢。

要太阳光照到我瓦上的三寸草，

要一年四季雨顺风调。

让那根旗杆倒在败墙上睡觉，

让爬山虎爬在它背上，

一条，一条……

我想在百衲衣上捉虱子，晒太阳；

我是菩萨的前身，这辈子当了和尚。

有一次

我在莫干山，

突然发现了一丛爬山虎，

它缓缓地

爬过一尊地藏菩萨的雕像。

这当然不代表什么。

但可能

就是一种也许。

偏听偏信

爱人最早见我家里人的时候,

氛围很好。

我开始担心家里人看她温良敦厚,

放松警惕,

什么都说。

我感觉我家里有些受宠若惊了。

担心的事就马上发生。

小瓜子嗑起来,

话匣子就打开了。

我不太清晰的难以科学求证的少时生活,

尘封许久的档案,

被一一揭秘了。

大姐说：

他小时候白白胖胖的，

跑步总是跑最后一名，屁股一扭一扭的，

扭啊扭地也跑不快，看着都替他操心。

小姐姐急着补充：

那时候我们一起上小学，上课的时候，

往外一看，他就在教室门口罚站，

往外一看，他就在操场上罚站，

好像没有哪一天没罚站过。

是吧，王帅？

爸爸最后总结陈词，

他说：

不过他学习成绩挺好的，

每天逃课是逃课，

但你说怪不怪，考试就是好。

每年都是考试最好的。

此话既已盖棺，

我想一个少年天才的形象就跃然纸上，

栩栩如生，可以定论了。

内心不免点赞：爸爸到底是爸爸啊。

可是他一下子没收住。

他最后说：

他就是有一个缺点非常不好，

这个缺点就是道德品质败坏，

天天谈恋爱，

走哪儿都谈恋爱。

爱人笑了，

说：原来是这样啊。

她这个人即使有什么事往心里去的话，

也都是脸如银盘，淡然如水的。

回来后， 她就嫁给我了

我想我不需要辩解。

反驳没有价值，

部分表达更可能流于夸张，

但不妨是看待问题的一个视角。

一旦辩论起来，

反而坐实了历史，扯出更多事情，

好汉不敌四手，

况且我还是一个孝子。

我相信爱人的思辨能力。

偏听偏信会导致多少亲者痛仇者快的悲剧啊。

回来后，她就嫁给我了。

卷珠帘

在学习过串珠子的本领之后，

我的女儿举一反三，态度坚决，

提出了明确的要求：

家里的门要挂上珠帘。

她们在帘子内外穿梭，

乐在其中，乐此不疲。

哗啦啦的帘珠碰帘珠的清脆之声，

不绝于耳，

笑声和跑步声绕梁三日之后，

她们就又不玩这个游戏了。

但帘子就这么挂在门上了。

昨天晚上很晚，

她们在另外的房间都熟睡了。

我穿过这个帘子到房间外。

然后又穿过这个帘子回到床上。

我突然听到一些细微的声音，

窸窸窣窣的。

我的第一反应就是：

是不是她们的妈妈爬起来看我了啊？

转念一想：

不是，

这是帘珠摇摆的声音。

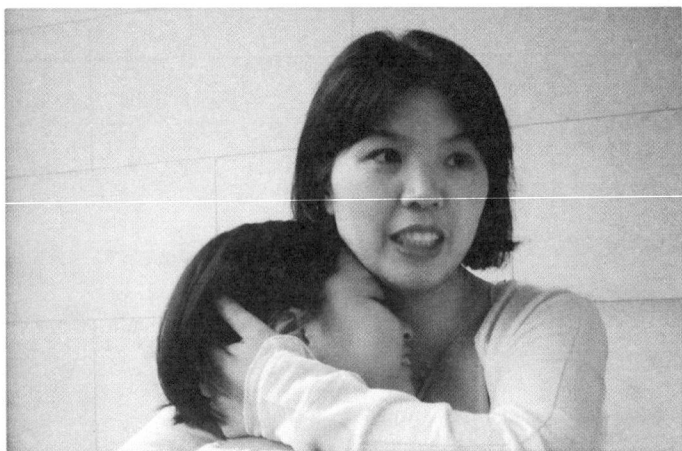

她
們

是午夜里的一个梦，

是春天的风吹过檐前的铜铃，

是内心的一粒细沙流过。

卷珠帘。

卷珠帘就是宋词里的蝶恋花，

雀踏枝，凤栖梧，黄金缕。

是新暖时闻燕双语，是叶底花如许，

是浓觉醒来莺乱语，是穿帘海燕双飞去。

是2019年春节前的晚上，

让我忽然触动的

一瞬间。

君子以德报怨

176

早晨跟老婆去买菜。

被数落挖苦了一路。

天气很热，她浑身大汗。

我就心疼地对她说：

你看你热的啊。回家有空调的时候再说也不迟啊。

她继续瞪我。

我就问她：

你知道我为什么不出汗吗？

"为什么呢？"

我说：

我出的都是冷汗。

我现在就像是刚从冰柜拿出来的一支冰棍，

凉丝丝的。

你哝我哝

唐诗宋词元曲中,

我觉得元曲是最真实的。

比方说:

一梦初过。满眼新荷。

又比方说:

红鸳白鹭,到处双飞。

再比方说:

昨夜一场清霜,寂寞在江上。

总之,我觉得,

我既然没有在520的晚上陪你们,

但也要在车上给你们写一首歌:

"多好,很好,都是妈妈好;

你哝,我哝,窗外有清风。"

平安夜

路上我就想：

哎呀，

不要耽误了

她们的平安夜。

可是昨天

回家确实晚了，

爱人在客厅等我，

孩子们已经睡了。

我们俩

在餐桌上盘算

明天早晨的礼物。

这个时候，大女儿从楼上下来了。

"爸爸，圣诞老人是不是不存在啊?"

"没有啊，他总是下半夜才来，等你们要醒的时候才走，因为他要去很多家庭。"

"哦，我怎么感觉他确实是不存在的。"

她继续问。

"这个……这么说吧，他在你们现在的年龄是存在的。"

"那他到底存不存在呢?"

她开始认真起来。

"你感觉到他存在，他就存在。而且其实每个国家的习俗和宗教是不一样的。"

"那还是不存在。"

她得出了自己的结论，有些失望。

我说：

"那你说你现在能感受到幸福的存在吗?"

"能的。"

"那你上去乖乖睡觉，明天早晨我们就可以验证一下了。"

她去睡觉了。

我跟我爱人说，

我记得我老师给我写过一幅字，

就是苏轼那首《定风波》。

找了一会儿，没找着，

我说不用找了。

我记得这首词的。

他是这样写的：

常羡人间琢玉郎。　天应乞与点酥娘。

尽道清歌传皓齿。　风起。　雪飞炎海变清凉。

万里归来颜愈少。 微笑。 笑时犹带岭梅香。

试问岭南应不好。 却道。 此心安处是吾乡。

是的。

我们感到安静,

却一点儿也不寂寞。

祈雨

"我在祈雨呢！"

她反问：

你是不是

觉得我疯了？

然后哈哈一笑，

说：

我在祈雨呢！

昨天下午，

学校打来电话，

说大女儿身体有些不舒服。

而且她行为怪异，

在操场打坐，

对同学的劝说面无表情。

接回家之后，

妈妈看她衣服都快湿透了，

问她原因。

她反问:你是不是觉得我疯了?

然后哈哈一笑，

说：我在祈雨呢!

一会儿妹妹放学回家了。

又过了一会儿，

她哭着跑到我跟前，

说：

爸爸，我希望你能做一个客观的判决，

到底是妈妈错了还是我错了？

妈妈狠心地把我的嘴巴都打破了！

我抱了她一下，

她更加泣不成声。

我也不知道说什么，

忽然发现妈妈的胳膊被咬出一片紫青。

我问：

是你先咬妈妈的吗？

你是我女儿，

她也是我老婆啊，

我想她不是故意的，

或许因为你作业偷懒，

妈妈让你快一点儿，

你就咬了妈妈，

她一疼，

不小心打到你的嘴巴？

你在莫干山，还咬过我，

我当时胳膊的肉都快被你吃掉了。

你还记得吗？

我补充了一句。

她笑了，抱着我，

又怪又嗔地说：爸爸！

我说：

爸爸说得如果客观的话，

那就算扯平了，

去做作业吧。

这个时候，

窗外雨下得越来越大，

下了一个晚上，

到现在还在下。

我想

小女儿

能实事求是，

大女儿

果然也不容小觑啊。

打老婆

我希望从今以后，
我们各自努力，
开玩笑也不要过头，
不要图一时嘴快。

那天我跟老婆

看了丰县事件的新闻，

彼此愤怒，难过，

她尤其悲伤。

我就坦白：

我们山东人是打老婆的，

但我怕自己动起手来收不住，

万一打坏了你，没人做家务了。

她说：

你们山东人也是被污名化了。

我继续坦白：

你说得也是。

但不管怎么说，

打老婆这个行为是存在脑海里的，

动不动就会想试一试，

这种想法本身就是要批判的。

她说：你还好。

唉，

这个春节，一句话描述就是：

一大群男人都在夸女足，

其实是为了进一步摩擦男足；

一大群男人都在声援一个女人，

但我至今不知道她最后的命运。

好像她在这个红尘里不存在。

每当她出现，

就投射出人性的罪与罚，

开出了恶之花，

吹散表面的喧嚣和浮华，

露出的是这么丑陋，这么阴暗，

这么自甘堕落的一面。

我看到这些事情，

内心是颤抖脆弱的。

我希望从今以后，我们各自努力，

开玩笑也不要过头，不要图一时嘴快。

一个人的快乐是各种各样的。

但是绝望的本质

是没有性别和其他区别的。

情人节

我的情人特别多。
我老婆是吧，
我女儿是吧。
我爱慕的每个女性都是。

还有，
如果把这个"节"字加上，
那每天都可以过情人节。

我一直把"情人"这个词
跟初恋混同。
初恋多么简单，
情人就多么透明。

我记得《海的女儿》里面的话：

在海的远处，

水是那么蓝，

像最美丽的矢车菊花瓣。

同时又是那么清，像最亮的玻璃。

想歪了想坏了的，都不是我这样的人。

我跟我爱人说：

我给你写一个文章，祝你情人节快乐。

你同意了我才发。

她笑着说：发吧。

买画者言周昌谷

中国人的宗教，

往往就是从对美不自觉的迷恋，

到对美自觉的追求。

所以中国人的宗教安静，

不标榜，不出格，不越位，往内心走。

周昌谷先生的画就是追求美的。

我时常认为，

一张好画不是画得多好，

而是画得多么纯粹，干净，清爽。

笔墨是内心的镜子，纤毫毕见。

这面镜子，既反映别人，又观照自己。

我一直认为，

女性是所有美好的集合体。

我非常欣赏

我的老师的一篇文章——《世界因为女性而美好》。

她们展示着美，

又承担了种种责任与压力。

日月行天，伟大的女性引领人类飞升。

男性最大的运气，

就是有一生的时间，跟女性并行在世。

天地有造化，大美不需言；多好即很好，有缘就是缘。一起看画吧。

芸廷收藏的周昌谷的作品，

主题集中在周昌谷对女性的表达。

女性的美是表达不完的，

所以周昌谷可以画一辈子女性。

刘树勇先生曾经说：

你肯定是喜欢了哪个妹子。

嗯，周昌谷表达的是所有女性美的共性。

这样的女性既存在又不存在，

实实在在，无处不在却又虚无缥缈。

一天一天过的是日子，

但回过头看就是时间感。

伟大的画家往往没有时间回头。

有些人存在就是合理，离开就会被别人总结。

跟这些画有机会在一起，
这就是用心的有缘。
世界上从来没有无缘无故的事，
多的是熟视无睹。

很多陌生人，
走着走着就走到了一起，
这是自然而然，是峰回路转，
是羌笛何须怨杨柳，
是春风又绿江南岸，夜半钟声到客船。

天地有造化，大美不需言；
多好即很好，有缘就有缘。
一起看画吧。

人多热闹

昨天一天，心神不宁。
一大早，
我爸爸就给我打电话，
说：四妈昨晚走了。

十一天前，
同样是早晨这个时间，
他也给我打电话，
说：四爹走了。

我也知道人老了，自然会走。
我得尊重这个自然规律。

有时候，

知道得越多，能改变的越少。

这是一种痛苦。

我经常跟同事说，

我们这群人，

做的事情，

就是在不确定的未来，

追求最大的确定性。

其实不确定的还是不确定，

确定的，会不请自来。

你听，

窗外的乌儿在叫。

你听久了，

就会思考她们的表达。

时值夏日，

叶子开始绿得发沉，

像静默的海洋。

乌儿在说什么，

海洋下面是什么，

其实我一无所知。

无知者无畏，

所谓无畏，

其实是越无知，

越要有敬畏。

"无所谓"是一句口头语。

是自我安慰。

还是早点去公司吧。

公司人多。

人多的地方，

热闹有多么真实，

孤独就有多么刻骨。

人生得意需三思

陆抑非先生的工笔，

没的说。

那天，

我跟我爱人

一起看一张

他临吕纪的秋水群雀图。

这是一个传统题材。

三只鹭鸶，

一只得胜鸟。

还有一对白头翁。

良久，
我说我要四思。

你看，
有鸳鸯，有得胜鸟，有白头翁。
这意味着什么呢？

她问我：
这意味着什么呢？

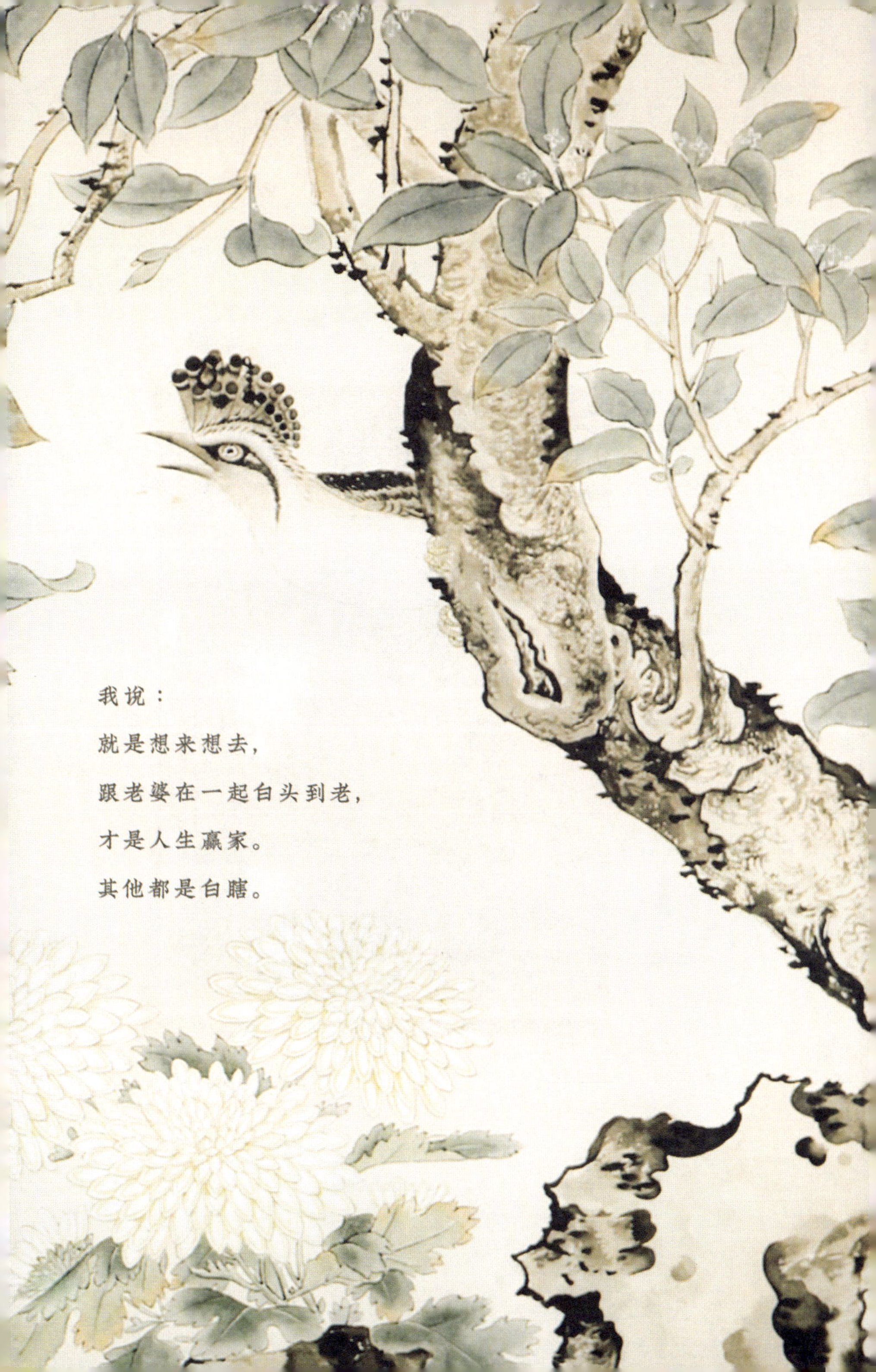

我说：

就是想来想去，

跟老婆在一起白头到老，

才是人生赢家。

其他都是白瞎。

人生三急

等老婆。

等大女儿。

等小女儿。

因为女性

都是女神，

楼上一小时，

楼下大半天。

她们

一点儿也不急。

我也就继续等下去。

伤心莫过如此

被子之下，床单之上，

身体岿然不动，大脑思接万里，

我的早课刚进行到10点，

老婆推门进来了。

我就想说我真不想吃早饭，我在反思自己。

她开口了：

大女儿说，你说她画画不认真。

大女儿是一个很在乎别人评价的女孩。

我说：

我说的是她可以画得更认真、更好一点啊，

我没有确定地说她不认真，

我是建议和建设性地跟她交流。

老婆说：

你已经惯坏了一个了，

不能再惯坏一个了。

这我承认。

我说：

我确实惯坏了你，宝宝。

她说：

王帅，你是惯坏了你自己。

然后推门又走了。

我的脑子继续思接万里，但是怎么也无法聚焦。

反反复复，都在放一首悲伤的歌曲。

你伤害了我，还一笑而过，

你爱得贪婪，我爱得懦弱，

眼泪流过，回忆是多余的，

只怪自己爱你所有的错

……

心碎千百遍，

任性也无法承担，

想安慰自己，没有语言。

唱了好多遍，吃早餐的时候，感觉嗓子都哑了。

商业计划

"我做老板，姐姐收钱，
你做菜，妈妈做面点。"

"赚了钱呢，你可以去捐款。"

今天早晨，我照例抱着电脑在忙事情。小女儿兴冲冲地跑进房间，把脚伸进我的被窝，面对面地跟我说话。

"爸爸，我有一个天才的想法，这是我自己想出来的。"

"是啊，你本来就是个天才。"我说。

"嗯，不过呢，这个想法需要你的参加。"

我说："当然可以。"

她开始一口气说下去："爸爸妈妈姐姐和我，我们一家开一个餐馆。我做老板，姐姐收钱，你做菜，妈妈做面点。赚了钱呢，你可以去捐款，剩下的钱，我们一起去看海洋公园好不好？"

我说："这个爸爸要好好想一想。你问过妈妈了吗？"

她说："妈妈肯定同意的。因为这是一个天才的想法啊，你也同意，是不是？"

我问："这个餐馆你们出钱吗？"

小女儿说："爸爸妈妈出，我们自己的钱是留着应急用的。"

大女儿在边上补："而且赚的钱要存一部分，不能全部捐了。"

100

她
們

生日快乐

太阳太阳，是一把金梭；
月亮月亮，是一把银梭。

连续几天，
杭州春雨绵绵，
晚上春雷滚滚，
快到杭犬吠日的地步了。
可是她们的生日快到了，
家里日渐生动。
我和爱人都在准备
给她们俩的生日礼物。

她们也在圈点
她们想请的朋友，
讨论很激烈，
中间涉及她们对朋友标准的定义。

我收获很多，
自叹不如，
觉得自己是一个水货，
准入门槛之低形同虚设。

我跟爱人说：
咱俩都是礼节性的存在。
一定要注意啊。

果然如此。
朋友送给她们的礼物

很直接。

每人一个红包，各20元。
她们自己的规定是，
她们自由支配，
可以吃，可以喝，
可以买薯片可乐。

这跟我和妈妈准备的礼物完全是两种性质，
高下立判。
爸爸妈妈确实婆婆妈妈了。

晚上，或许她们看我们累了，体贴地对妈妈说：妈妈，现在我们八周岁了，就不用你陪我们睡觉了。你回去陪爸爸就好了。

我简直有点"剑外忽传收蓟北，初闻涕泪满衣裳"的惊喜，因此断了残荷尚存尖尖角，准备"一树梨花压海棠"的念想。

我百感交集，感叹人生往往如此出人意料。

我静水深流不动声色地问她们：你们过生日好开心啊，知道妈妈生日那天，爸爸会做什么给妈妈吃吗？爸爸会做一个春天给她吃。

这就是我义无反顾过草地爬雪山做厨师的初心。

"爸爸会做一个春天给她吃。"

她
們

十万个为什么

老婆受女儿的影响太深了。

今天早晨，她不断地问我：

这是什么花，

这是什么花，

这是什么花，

这是什么花，

这是什么花，

这是什么花，

这是什么花，

这是什么花，

这是什么花。

我耐心地回答她：

"我们家只有三种花：一种是草本的，一种是木本的，第三种就是你们。"

失物认领中心
及个人产权与所有权初探

这一年，

已经形成了一个规律。

每天深夜一到两点之间，

两个女儿中的一个，

或者两个一起，会走到我的房间。

刚开始的时候，

她们还会说：妈妈，过去陪我们。

现在她们来了，话都不说，就往床前一站，

妈妈就会主动爬起来，跟她们过去了。

昨晚她们来之前，

我说：

你还是过去睡吧。

反正一会儿她们就会来领你了。

她信心十足地安慰我说：

她们难道还不能独立睡觉吗？

我才不去呢！

话音刚落，

她就被领走了。

早晨啊，
我就躺在宽敞的床上琢磨，
这个主卧门口应该挂个牌子：
失物招领中心。
我在这个房间里的岗位，
是失物保管员。

由此我想起
个人产权和个人所有权的关系。
我们虽然有这套房子的共同产权，
但我们的所有权是归女儿的，
而且我们对女儿所拥有的产权，
只是我们行使了
法律赋予我们的合法生产她们的权利。

想到这里，

我对社会的理解豁然开朗。

商业社会那一套，

在我们家根本行不通，

但"近朱者赤近墨者黑"的古训

是有道理的，

就拿眼前的例子来说吧。

你看，

妈妈每天跟孩子在一起，

变得越来越年轻，越来越漂亮；

而我

一个人躺在床上

看考古发现的纪录片，

看着看着人就老了。

睡眠

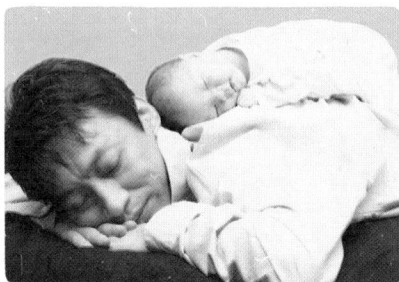

"美妙的睡眠一定不冷"

情人节，送给我的情人。

我睡眠不好，所以总怀念睡眠好的时间。
我有过很美妙的睡眠。美妙的睡眠一定不冷。

我记得小时候村里放电影，
我们小孩子一定跑来跑去，
等到开始放映的时候，腿都跑硬了。

那个时候，我爸爸就会抱着我看电影，
我看着看着，醒来就是在家里的炕上了。

我今年带女儿回家过春节了。

她们跟我一样，

在爷爷家里，

如同到了一个新的电影场地。

每天跑来跑去。

她们跑到终于要回杭州了。

一上车，她们就睡了。

我抱着她们，

感到她们身上热乎乎的，

软啊，暖啊，呼吸很轻，

感觉早晨的露水正在聚集，睫毛静悄悄的。

我就想起小时候

爸爸抱我看电影，

那时

我一定是跟她们一样，

就这么睡着了。

那时候，

爷爷还叫爸爸，

爸爸还是孩子；

现在爸爸是爸爸，

看着你们这么美妙地睡眠着，

想起来当年的事。

孙悟空和唐三藏

我跟爱人的农历生日是同一天。

这让我特别开心。

爱情

总要说不清道不明才好，

显得红尘之中，

本该如此，

冥冥之外，

是上辈子安排。

令人意外的是这还有现实的好处。
现实的好处是弥补了我的缺点。

她有过目不忘的本事，
我是能记住什么就算本事。

这样一来，
她给我过生日，我就给她过生日。
她不给我过生日，我也不给她过生日。

对遗忘的后果

能安之若素，

我行我素，

艰苦朴素，

充分证明了我不是吃素的。

我本是花果山上喝果酒，

喝啤酒喝白酒的孙悟空，

总想着身在五行中，

跳出三界外，

一个筋斗云，

又一个筋斗云。

可她

是一个

不念紧箍咒的唐三藏，

是一个

不卖关子扣帽子的如来佛，

是一个

手托净瓶杨柳依依的观世音，

是一个

蒹葭苍苍白露为霜有位佳人在我身旁的好姑娘，

是一个

帮我平地起高楼忽忽之间儿女成行的娘。

相看两不厌，

越看越好看。

好看

才是真漂亮。

是永远年轻，

是天天快乐。

所以尽管我已经预订了生日礼物，

但是还是要写出我的感受。

老婆生日快乐。

提前痴呆

昨天，女儿问我。

她们说：

爸爸，我们出生的日期你知道吗？

我说：

我当然知道啊，

就报出了日期。

她们叽叽喳喳一会儿，

说：

谢谢你，爸爸。

妈妈的iPad密码我们打开了。

今天，女儿要我的手机，

我随手就给她们了。

我说:

我有密码的，你们拿去也没有用。

过了一会儿她们说:

爸爸，你能不能有点新意啊，

你的密码总是775885。

是的。

亲亲你，抱抱你。

爸爸是没有新意的。

跳绳和猪蹄

小女儿对跳绳一直把握不好,

明明该像小燕子一样轻盈,

但她总止步于

跳一下然后从头再跳一下的阶段,

苦恼极了。

这个时候,我觉得机会到了。

我放下跟大女儿玩得正欢乐的飞碟,说:

明天上午再陪你玩。

我先去教妹妹跳绳,

你也可以在边上学习的。

教学从理论开始，

我说：

跳绳

要忘掉绳子，

绳子只是

你跳绳的心情的一部分，

是长在你的身体上的。

你想跳绳了，

绳子

就会随着你的节奏飞舞了。

她学得很快，

一路跳绳跑出去很远，

又跳回来，说：

爸爸，真的哎。我跳了一百多下。

我说：

你不用数跳了多少下，

你想跳就跳，不想跳就不跳，

跟跳多少下没关系。

边上的姐姐也学会了。

我的兴致倒是上来了。

我说：跳绳还有好多种方法呢。

我很快教会了她单脚跳，

轮环跳，背后跳。

我亲自示范交叉花式跳绳的时候，

意外出现了。

我一屁股蹲在地上，

用手一撑，

咔嚓一声微响，

心想：这下完蛋了。

我说：

你们自己跳啊，

明天我们还要去玩飞碟呢。

爱人马上给我找了云南白药，

找了红花油，找了各种膏药。

一番操作，还是不行。

她说：

你等一下，太巧了啊。

巧的是，

前几天我一个同事手骨折了，

天天戴着个护手。

前几天到我们家，

说已经好了，

摘下护手给我演示了一下。

然后忘记把护手带走了。

这下派上用场了。

早晨起来，

手已经肿成猪蹄子了。

大女儿说：

哎呀爸爸，你可不要陪我去玩飞碟了啊。

我说：谢谢，理解万岁。

岁月不饶人啊。

岁月就是带球过人，

人过了，球留下了，

自己还觉得动作太潇洒。

我看着自己右手手臂末端的猪蹄就想：

我如果老拿过去的经验来炫耀自己，

估计很快就从直立行走动物变成爬行动物了。

同学也靠不住了

女儿满月那段时间，

很多同学

携妻带子来热闹了一次。

席间，

我们宿舍老八的儿子，

虎头虎脑的，

突然跑过来说：

岳父，

我敬你一杯!

我立即非常警惕，

用严厉的目光

扫了一眼老八和他的爱人。

这明显是培训出来的。

带同学去看女儿们的时候，

老八的儿子和老六的儿

嘀咕了一路。

他们在商量

谁喜欢老大还是喜欢老二的问题。

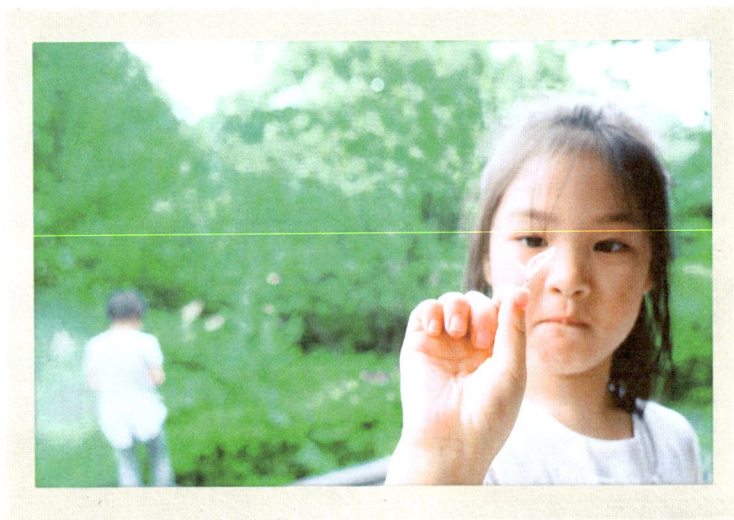

她
們

把他们送走之后，

有好几年，

我都不给他们寄茶叶喝了。

前几天，

同学半夜给我电话。

说儿子看到

他爸爸的大学合影，

突然说：

这个不就是我岳父嘛！

我直接把电话挂了。

王鹌鹑

昨晚回家，打开冰箱，发现五只鹌鹑。
我想干脆一锅炖了吧，
入味。

然后我观察，
大女儿吃了 0.65只，
小女儿吃了 0.45只。
我吃了一条小腿。
剩下的妈妈包圆了，
陪我说了很多话。

早晨，
我跟女儿说，
妈妈肚子里
还有很多鹌鹑呢。

她们叽叽喳喳，
说：
如果是个弟弟，
生下来就叫
王鹌鹑。

我和蚊子

早晨，

我夹豆腐乳喝粥的时候，

发现手掌上趴着一只蚊子。

我感到自己的懒惰，

我还没出门呢，

人家早就上班了。

我看着它的肚子圆滚滚起来了，

就对它吹了口气。

它晃晃地起身，

跟我彼此凝视，

充满默契和信任。

我们分手了。

我脑子里的思绪

立即扯远了。

有一年夏天，

我在海边贩鱼，

天那个黑啊，

我就找了个地方方便。

但是我的屁股，

是在黑黑的夜里的温暖的明灯。

一分钟左右的时间，
我感觉我那里
已经没有感觉了，
他似乎不存在了，
我伸手一摸，
竟然一把血。

这群蚊子
给我来了个
臀部全麻。

我在家里也是这样的。

只要我在，
我就是加油站，献血车，
蚊子就不会咬我的爱人和女儿。

这让我内心有付出感、责任心，
以及默默无闻地
守护自己的爱人的
崇高悲壮感。

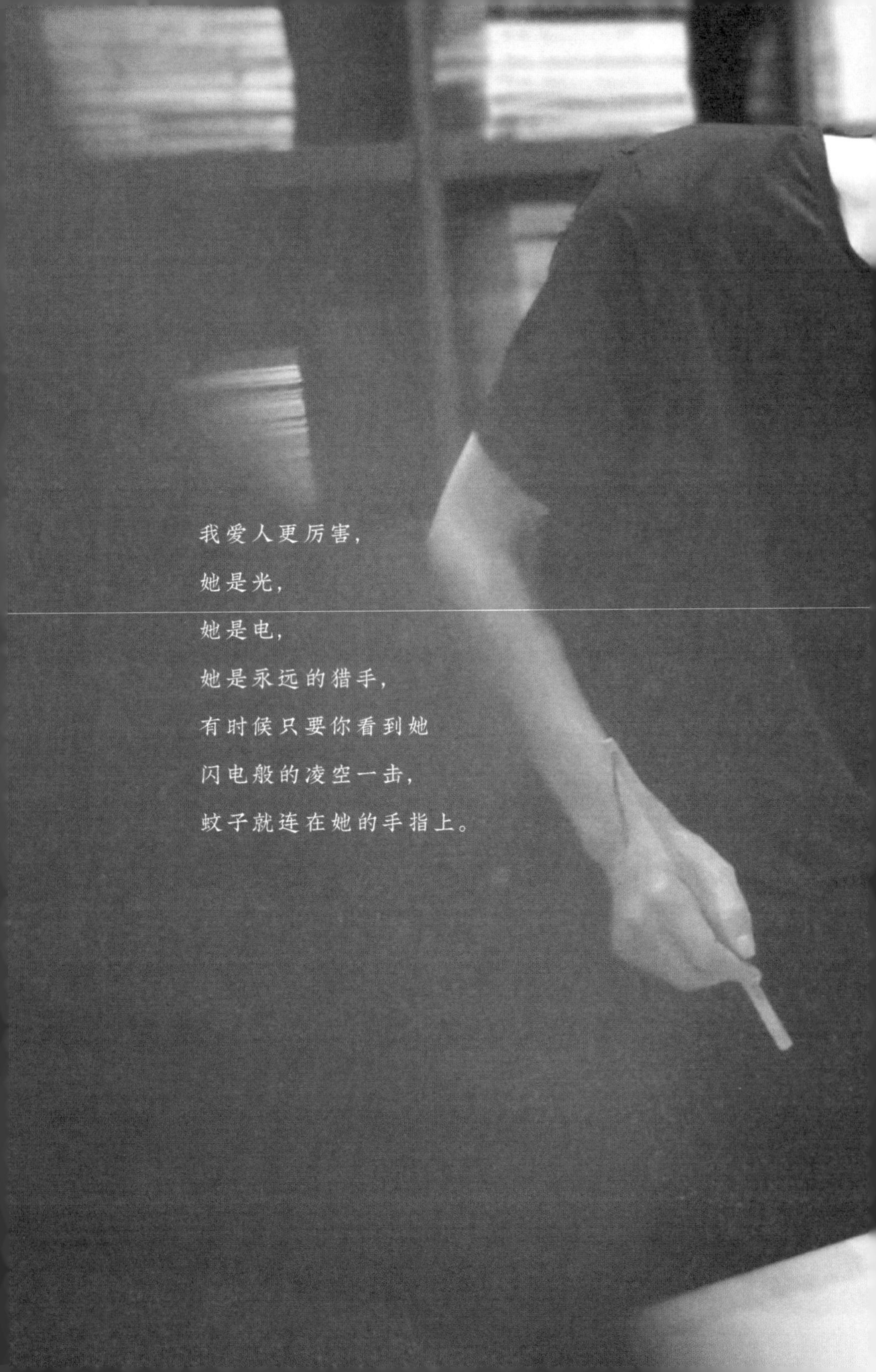

我爱人更厉害，
她是光，
她是电，
她是永远的猎手，
有时候只要你看到她
闪电般的凌空一击，
蚊子就连在她的手指上。

见到危险，

迎难而上，

蚊子的行为，

不是一种智慧。

我对她了解越多，

存活率越高。

无效请假

昨晚临睡，大女儿探进头来。

眼神期盼。

我问：你找我有事情是不是？

她说：是的，但妈妈说需要你同意。

我说：是不是明天不想上学了啊？

她的眼睛真是光彩流盼啊。

我说：可以。

她冲进来亲了我一下，

说：爸爸，我爱你。

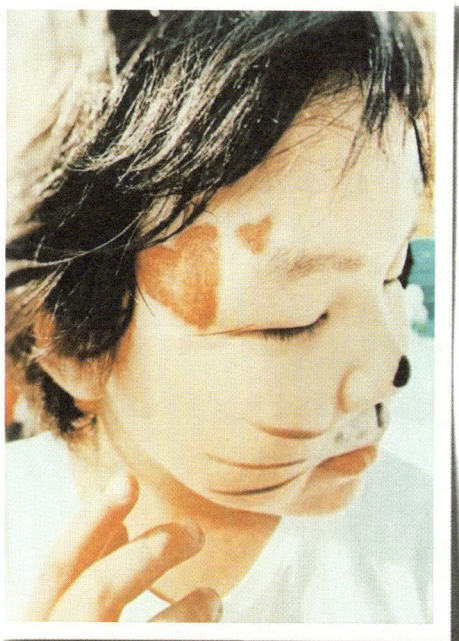

无有哇

虞世南，王勃和李商隐，
都是写蝉的高手。
李商隐说："烦君最相警，我亦举家清。"
这句话感觉是说，别光说不练，
来的时候带瓶酒就好。

有一种蝉，
体型略小，通体泛绿，
比其他的蝉，更爱往树的高处栖息。

一旦发声，清澈高亢：
无有哇，无有哇，无有，无有，哇。

这种蝉唱是东风第一枝，

是歌剧场的女高音，

是卡拉OK里的麦霸终结者。

往往她一发声，

群声喧嚣的杂乱会自觉静场。

而等她一曲唱罢，

其他的蝉才会从如痴如幻的状态中醒来，

哇，哇，哇哇哇地纷纷跟唱，

余音袅袅之后，

跟唱绵绵不绝，

聒噪纷繁，无休无止。

这就是所谓的蝉声如潮。

我早晨想起来这些，

感觉还有些意思，

就随手写下来了。

在大多数人的印象里，

蝉似乎只有一种，

蝉唱似乎也永远是一个调子。

其实不是这样的。

就算是同一只蝉，

我想，

也有自己不同的歌。

看她怎么唱，也看你怎么听。

咸菜咸鱼虾头酱

我觉得最好吃的东西，
我的女儿都会说：爸爸，这么咸。
她们都不吃。

比如说咸菜。
浙江的咸菜是梅干菜，
有时候还亮晶晶地扣肉蒸，
但是我小时候，咸菜就叫咸菜。

每家都有一口咸菜缸。
等着秋天，疙瘩收了，家家开始腌咸菜，
用粗盐，一层层地码，然后封缸。
这简直是一种仪式。

咸菜是不会断档的。

一年年接下来，

汤是老汤。

"老汤"是现在的时髦词。

但是咸鱼和虾头酱

不是时时有的，

要看季节，

也要看家里的经济。

我到今天都认为，

凡是要花钱买的，都要考虑一下的，

凡是不断顿的，都是自己种的。

小女儿的牙齿

小女儿牙齿掉得很早。

所以妈妈经常要准备一个小礼物包，

放在她枕头边上。

她醒来就知道牙仙来过了，

就很开心。

现在她的牙齿掉了一排了。

我就特别喜欢看她吃糖醋排骨的样子，

吭哧吭哧的，乐此不疲。

我有时候就说：

来，给爸爸笑一个。

我有时候也会问大女儿：

你的牙齿

怎么还不掉啊？

她很平静地说：

早晚会掉的，

急什么呢？爸爸。

是啊，

她们对世界的感知

远远超过我们对世界的认知。

所以今天我给她们俩

一人买了一个小钱包，

可以放一点她们的压岁钱。

这样，

她们所有的积蓄，

都被爸爸

机智地

汇总到一起了。

爸爸是狡猾的。

小年夜

小年夜，吃饺子，祭灶王，好多事。

真是很美好的一天。

这一天发生了很多事。

小女儿拔了第一颗牙齿。

大女儿由妹及己，感同身受。

从视频通话里看到了爷爷。

吃了饺子。

她们都睡了。

在睡之前，我还在手机上扑啦扑啦地谈工作。

直到她们的妈妈来了。

我说：宝宝，我们喝一点酒吧。

她就去拿了。

但是在过程中我把桌子打翻了。

现在好了。

女儿在隔壁暖暖地睡，

我和老婆在床上聊天。

这就是小年。

我们自我小小的年，

不期盼，很珍惜。

小年过后，

还要在家里过热烈的大年呢。

是吧，宝宝。

我们一起储存体力。

277

小青蛙

2013 年时
看过一场展览。
其中就有这张周昌谷画的《夏日》，
这只漂亮俏皮的小青蛙一下子把我抓住了。

那个时候大女儿刚刚一岁多，

有一门绝技，无师自通，

就是学青蛙叫。

而且不是那种张开嘴就呱呱呱地简单模仿，

她先咽一口唾沫，

闭着嘴唇，腮帮子鼓鼓的，

用喉头那个位置发音:wa——wa——的，

同时两只大眼睛狡黠地看着你，

叫两声，看你笑起来，

她就得意地不学了。

形神兼备，惟妙惟肖，善解人意，

点到为止，一点儿都不炫技。

我兴冲冲地把这只小青蛙买回家。

隔三差五的，

都会拿给大女儿看。

真是稻花香里说丰年，

听取蛙声一片。

也因为此，

我对自己的偏心感到有些说不过去，

就因此留意周昌谷先生的作品，

陆续买了两张人物画，

一张画有我爱人的影子，

另一张特别像我的小女儿，

花了不少钱。

每张的价格还扯不平。

最近一段时间，

女儿们长得飞快，

学会的本事也层出不穷，越来越多。

我真是有些目不暇接，跟不上节奏。

有些本事让我一惊一乍的。

今天早上，

我又拿那张小青蛙的画给她看。

她闭上嘴巴，

腮帮子鼓起来，

看着我，

笑了一下，

又张开嘴，

呱呱呱地叫起来。

那门独步全家的绝技，

她已经不稀罕用了……

这让我一早晨都怅然若失。

我想起卖我画的那个朋友，

每次见了我，

都不忘记说一句：

唉，

那只小青蛙，

我女儿可喜欢了，

她一直埋怨我把它卖掉了。

每次见了我都要说一遍。

祥林嫂一样。

真是每家都有每家的烦恼啊。

心安之处都是床

防民之口，甚于防川。

家里的管理问题越来越严重。

越位本来属于犯规，

可是犯规的人把裁判红牌罚下了。

年前，

女儿已经对我约法三章：

第一，不许抽烟，抽烟肺会变黑；

第二，不许吃大蒜，臭烘烘的；

第三，不许喝酒，喝酒后有时发脾气。

三项规定，

每项都知己知彼入木三分

鞭辟入里直抓要害。

不仅如此，

她们还堂而皇之地深入敌后闯虎穴。

昨晚，

她们突然决定跟我睡一个房间，

现在还睡得很香甜。

我在沙发上醒来，

刚打开灯，

马上被她们的妈妈喝止了：

不要开灯！

我把灯关了，

在沙发上辗转了一会儿。

悄悄地抱起被子来到客厅。

我心想：

新年新气象，

心安之处，何处都是床。

睡客厅挺好的。

我偷偷抽着烟想。

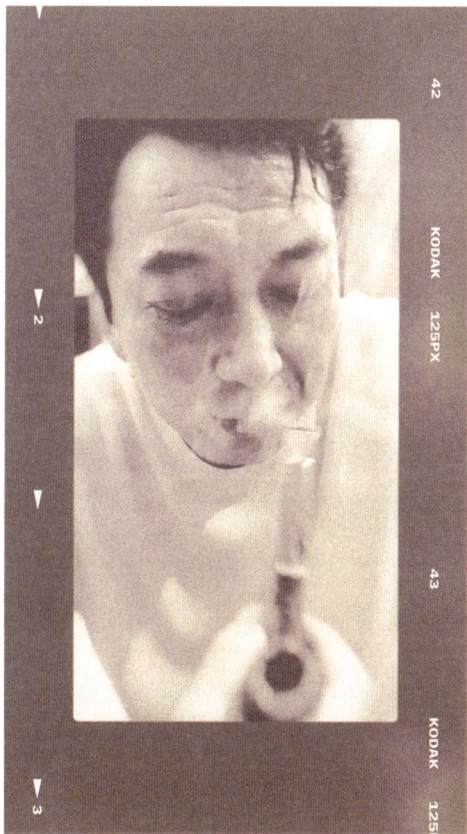

287

夜未央

在北方，

是很难理解一行白鹭上青天的。

春秋两季，

天上会有大雁的叫声，

抬头寻找，

就会发现高高的天上，

有着高高飞过的雁群。

这个时候我就会想，

她们要回家了，

她们飞了多久了啊？

她们的家到底在哪里呢？

看得久了，

就觉得天是那么的大，那么的高，

云彩是那么的变化，

默默惆怅起来。

到了杭州，

稻田中，湿地里，白鹭简直成群。

鸟儿泼剌剌地飞起，

如同寂静的湖面上，

鱼儿跳跃出水。

其他的鸟类更多。

分不清的繁富种类。

感觉你在哪里,

她们的声音就在哪里。

就拿刚刚过去的夜晚来说吧。

这一晚是下了很多的雨。

但是凌晨两三点的光景,

鸟儿就开始鸣叫起来。

特别清脆, 带着湿漉漉的雨水的味道。

她们在哪棵树上呢?

我听了一晚上她们的歌声,

她们在哪里呢?

雨还在下着呢。

但是天确实是亮了。

这样的夜晚，

谈不上漫长，

因为她们的歌声，

让我想起很多事情，

让我想起北方飞过的大雁，

想起她们在高高的天上，

高高地飞着。

想起那默默的惆怅。

一个悲伤的晚上

昨天晚上，

给女儿的一套册页题签。

大女儿的题签只用一遍就写好了。

小女儿名字里有个"婕"字。

笔画复杂，超出我的能力，

写得不好。

小女儿很不开心，

气鼓鼓地上楼去了。

我开始练这个字。

练了几遍还是写不好，

我对她们妈妈说：

你可真够狠心的，

取这么个字。

你知道这个"婕"字什么意思吗？

婕，

就是一个女孩在成长的路上走着走着，

就被一个王八蛋一把拽跑了。

你看，

这是女字旁，这是走字，

中间就是被人抢跑了！

我越想越气，我说：

你知道为什么土匪经常庆祝大捷吗？

你看这个捷字，提手旁，

不停地跑这里跑那里，

看到一个美好的女孩，一把就抢走了。

他们能不开心吗？

我压制着悲伤把题签写好了，拿上去给小女儿。

她一看很开心，说写得比姐姐的好。

我没接她的话茬儿。

我回到床上给她们妈妈说，

我就是名字起得不好，

叫王帅，长得太帅了，被你一把抢走了。

早晨起来，

我还倚在床上想这个事情的时候，

两个女儿跑到我床上。

我对她们说：

你们的画册将来结婚的时候不要带走了啊。

大女儿问：

爸爸，你是说你是不打算给我们彩礼了吗？

我说：

当然啊！彩礼应该是男方给的。

大女儿又问：

那爸爸，你是说你是不打算给我们嫁妆了吧？

我沉思良久，说：

这倒也不是。

一个红包和程十发

那年过年，

我在楼下看图录，

大女儿在我身边走过去一趟，

又走过来一趟。

来来回回好几次。

突然

她指着图录上的一张程十发先生的画说：

爸爸，

你可以帮我把这张画买下来吗？

我说：

爸爸的钱过年都给你包红包了啊。

她说：

那我给你一个红包。

她背对着我

打开她的迷你兔的粉红色的小保险箱。

保险箱有密码，

但她不知道密码早被我破译了。

她给了我一个1000块钱的红包，
说：
爸爸，给你，拿去买吧，
剩下的钱
你就拿去买其他你喜欢的画吧，
不用给我了。

大女儿果然大气。
但这个要求让我万般滋味在心头，
但一下子又不好拒绝。

画买回来了，
钱确实是
剩了好多好多，
剩的都是
待付款。

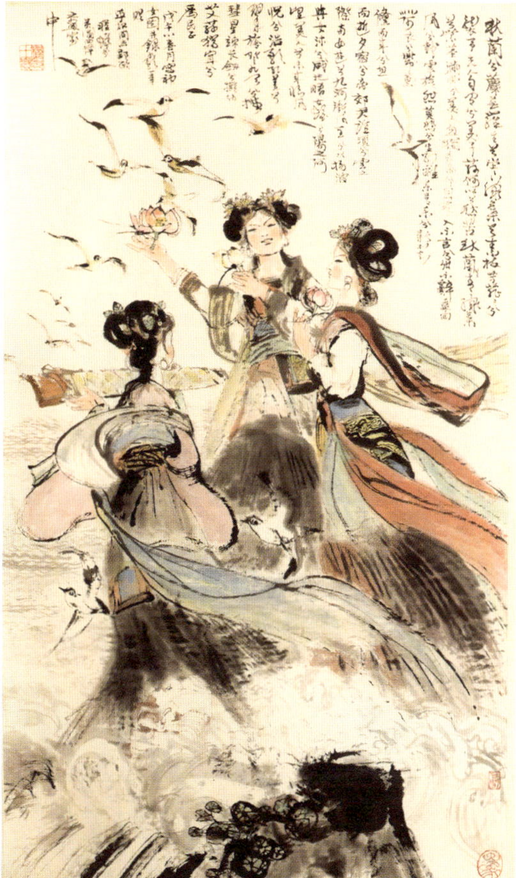

小女儿说：

爸爸，好的

不过呢

我喜欢的画跟姐姐不一样

你给我买一张莫奈的画就行了

但我心里有很强的愧疚感：

不患寡而患不均啊。

我不能偏心，

这会对小女儿造成不好的影响。

我问小女儿：

爸爸也给你买一张好不好？

小女儿说：

爸爸,好的。不过呢,

我喜欢的画跟姐姐不一样。

你给我买一张莫奈的画就行了。

我转过头对我爱人说：

小女儿的知识结构真是够丰富的。

然后我对小女儿说：

对不起。爸爸的钱真的是不够。

一瓶雪碧

我带好观鸟镜、天文望远镜

再在自己胸前

挂上战地望远镜

带上多好和很好

浩浩荡荡地出发去水边看鸟

今天早晨，

我带好观鸟镜、天文望远镜，

再在自己胸前挂上战地望远镜，

带上多好和很好，

浩浩荡荡地出发去水边看鸟。

我没带她们妈妈，

她富态，

上车容易超载。

况且轻车简从，

是大势所趋，

自我成长，

是必由之路。

各种白鹭纤毫毕见，

纷纷地出现在她们眼前。

她们看远处的鸟，

我看眼前的她们，

眼看吃饭的时间快到了，

我喊她们吃饭。

她们毫不所动，

可爱地对我说：

爸爸，

我们一点儿都不饿，

你自己吃吧。

我转头就问服务员：

姑娘，有雪碧吗？

雪碧没有，可乐也可以的！

姐妹俩立即回过头来，

热烈地对服务员说：

阿姨，要大瓶，要那种大瓶！

然后过来拥抱我，说：

爸爸，我们一起吃饭吧。

我说：

吃饭可以啊。

不过雪碧是爸爸想喝的。

而且不是大瓶，是小小的一罐。

终于吃饭了。

姐姐说：

妹妹，你来分吧。

妹妹说：

姐姐，你的杯子给我。

两个人分了五分钟，

最后两只杯子并排放在一起，

从各种角度目测，

完全一个水平线，公正公平。

然后各取一杯，满意地喝完了。

我说：

你们怎么把爸爸的雪碧喝完了。

爸爸不是给你们点的雪碧。

爸爸还没喝你们怎么就喝掉了，

妈妈问起来该怎么办？

你们又不能撒谎说没喝。

她们连连点头，说：

爸爸，我们知道的。

雪碧你忘记喝了，

我们帮你喝完的。

回家的时候，

感觉车子还是有些超载了。

回家后

我就把这个意外，

跟她们的妈妈主动做了一个报备。

饮水思源

一口小小的清水池塘，
突然出现成群的小鱼。
这真是很奇怪的一件事情。

我记得雨水生草，
草籽生蚂蚱，
蚂蚱生鱼，
这些是我小时候就困惑的问题。

但有水的地方，
确实总会有鱼。

她們

女儿也发现了，
拉我去抓鱼。
我们一起折腾了半天，
最后妈妈协助我用雨伞抓到两条小鱼，
但又放掉了。
中间弄坏了几把雨伞。

总结如下：
没有什么事是小孩发现不了的。
做事要想成功，
必须有老婆搭把手。
万物从哪里来到哪里去，
最好的是过程。

现在她们在洗澡，
我在记录。

善假于物的君子，
乐趣都太少了。

君子出于本性，
何况是爸爸呢。
爸爸抓了一下午鱼，
过瘾。

但没有女儿的需求，
哪来爸爸的借口。

折枝梅花

在公司忙完，
回家已经很晚了。

我很少写公司的事，
但是我的生活，
确实跟公司分不开。
撇开不谈吧。

就要过年了。
我到院子里折了一枝梅花。

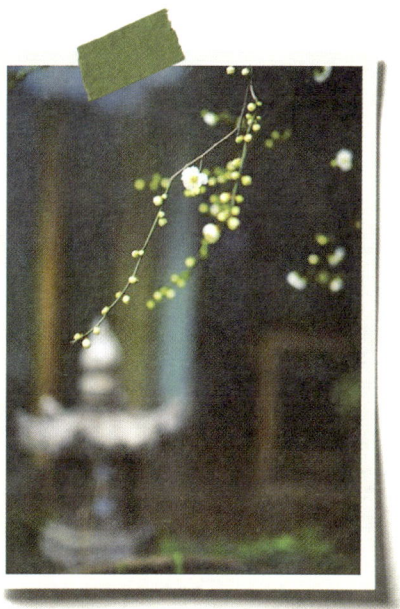

我喜欢金农画的梅花。
但是我把这枝梅花，
插成塑料花了。

和梅花画之间细微的差别，
其实是自己
创造美的能力
与认知的巨大反差。

想得美，做得差，
还觉得自己可以试一下。
结果就是如此。
不伦不类。

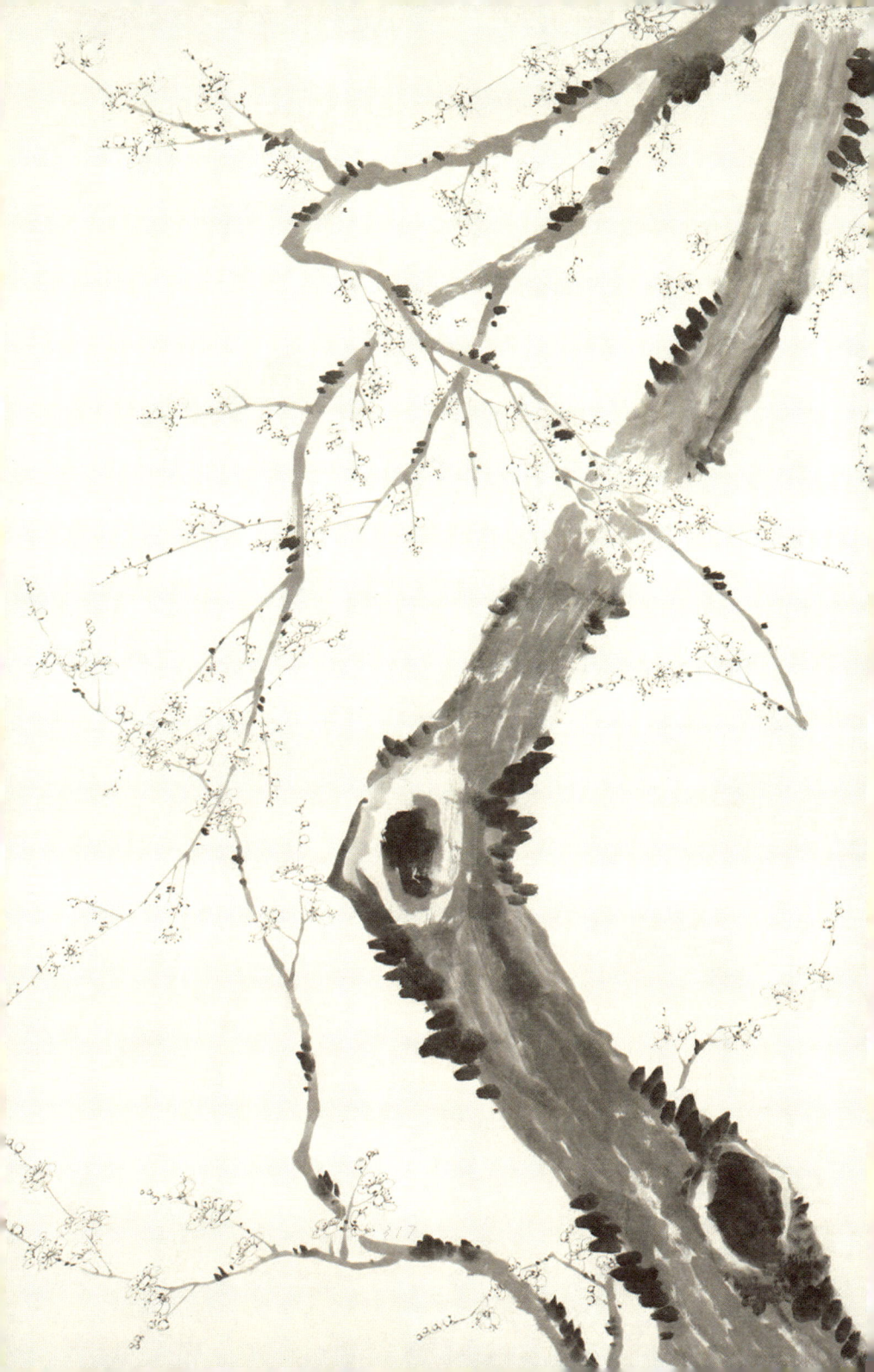

这就跟我和她们聊天一样啊。

我在聊天的时候，

有时候还刷手机。

真是女人看你，目不转睛，

你看女人，抬抬眼睛。

就这么又一年了。

好在这个世界，因为女性而美好。

有位女性就在我身边，

我看到她越来越多的白头发。

之前我还说，我白的头发更多啊，

这有什么好比的……

我忽然忘记了

我写这些是想表达什么，

我想我就是想

在这里跟她瞎聊天。

聊五毛钱的，

日积月累，遂成巨贾。

我有特别的

让自己开心的办法。

我有好奇心。

我追求不确定性。

我想去巴黎喂鸽子，

我想一个人待一会儿。

聊到这些，
她都是笑笑。
我只好
祝她新年快乐。
永远笑笑。

她有
三个孩子。
最大的是女儿，
马上六岁了，
要上一年级了。
最小的是儿子，
四十五岁，
还没断奶。

知识产权保护计划

女儿自从学会叫爸爸以后，

见了玩具就叫爸爸，

见了奶瓶就叫爸爸，

见了妈妈就叫爸爸，

见了外婆就叫爸爸，

到超市看见很多人

也叫爸爸。

见了爸爸，

就不叫了。

有了这个经验教训，

我就时时刻刻想着要加深她们对爸爸是谁的认知。

有一天早上，

爷爷在客厅教女儿唱歌：

大海啊大海， 大海啊大海。

我一个箭步就蹿了过去，

顺畅自然地接上这首歌的后面两句。

我说：

跟我唱，大海啊大海，

就像爸爸一样，

就像爸爸一样，

就像爸爸一样。

差一点儿就被爷爷教坏了！

跟我唱

大海啊大海

就像爸爸一样

就像爸爸一样

就像爸爸一样

中秋节

中秋节过去了，它还会再来的。

月亮圆了又缺了，它也一直是这样的。

昨天我就一直窝在自己的书房，

看着孩子们跑来跑去。

她们整个上午都在友谊的海洋里遨游。

傍晚，

友谊破裂了，

友谊的海洋波涛汹涌，

都是彼此伤心的泪水。

昨晚我没有看月亮。

我觉得自己好久没有看月亮了。

我最喜欢的月亮，

在曹丕的

"星汉西流夜未央"里，

在杜甫的

"遥怜小儿女，未解忆长安"里，

在谭咏麟的

"轻轻踏在月色里，好像走在你的心事"里。

昨天看了一张陈少梅的罗汉图，

罗汉法相庄严地端坐着，

脚下一双鲜红的拖鞋，

摆放得整整齐齐。

我一直在琢磨这是什么牌子的。

前几天买到了一套奇章，

是吴朴堂的《养猪印谱》——

"必须全面革新生猪饲养工具"。

可惜他四十五岁就自杀了。

这是又要

谈人生的命题吗？

我觉得人生太大了。

躺在床上想这些

太奢侈了。

我就侧着脸

看老婆的脸，

就看到了

昨晚的月亮。

最美莫过聊聊天

我年纪不小了，
越活越明白。
我知道我懒，
这主要是被老婆惯的。

就拿吃饭来说，
不喊个三五次，
我是不会吃的。

实际上呢？
不喊我我也不会把自己饿死。

今天早晨，她对我说：我给你打点钱吧。

我立即拒绝了。

她说：

你卡里只有一百块了，我给你打十万块钱吧。

我还没来得及再次拒绝，

我女儿在边上说：妈妈，太多了，打两万。

两万也不少了。

但关键是，

女儿将来可能靠不住了。

她们的爷爷叛变得更早。

我好不容易回家看看他，爷俩总得聊聊天啊。

他说：

你这样，人家孔非受得了吗？

你得改改。

我每天都在改，不太好改而已。

往大了说，

我改变不了大环境。

我对这个国家和人类充满了担忧和悲悯，

我担心美好的事物都被人忽略了。

往小了说，

我每每想起这些，

我都会喝点酒。

她又给我炒菜，

把女儿哄睡之后，

还会陪我喝几杯。

一个人能有多大的酒量啊，

有时候就因为这一杯，

就喝醉了。

昨晚也是这样。

我又喝醉了。

我说:

宝宝,

我遇到你

是我最幸运的事。

明天是劳动节,

你这么美,

充分证明了

劳动使人美丽,

我要写文章赞美你。

我年纪不小了

也越活越明白

赞美老婆

是一切事情中

最重要的事情

我再懒也知道，

懒的资本，

要靠自己的双手去创造。

我年纪不小了，

也越活越明白。

赞美老婆，

是一切事情中

最重要的事情。

我现在一边写一边醒酒，

因为爱总是需要付出代价的。

否则怎么能懒一百年呢。

诗歌

有人说：
插枝梅花就过年。

宝宝，
你是最美的梅花。
我在树下，
看你开。

折梅花是犯罪，
虽然不入刑。

我写诗，

不擅格律，

但诗词的优美之处在于，

她是浓缩的，

有太强的旋律感，

是最美的歌。

这些年，

我也依葫芦画瓢陆陆续续在写，

就当是给她们写的流行歌曲歌词吧。

逍遥汉

明白人，糊涂蛋

苦力活，逍遥汉

看红桃绿柳，弄柴米油盐

喜粗茶薄酒，感五味咸淡

瘦时有残荷顶戴

胖也如富贵牡丹

相看两不厌，越看越好看

一百年不烦

男女平等，彼此平身

钦此，上饭

归去来

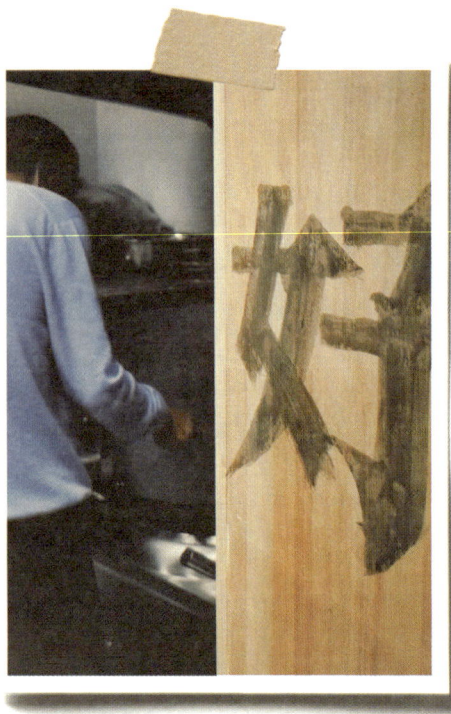

本是个懒散人

没什么经济才

讨了个好老婆

才还清风流债

天天想花盛开燕子常来

也时时猛不丁闲着发呆

霎时花开两朵

伴我千盏情怀

有朋友轻轻敲门

哈哈哈醉了要乖

踏实了

归去来

女人花

客居江南地，
所幸有了她。

笑谈无是非，
勤勉做事啦。

阴晴数月雨，
油盐酱醋茶。

其中有几味，
一味一繁花。

眼前人

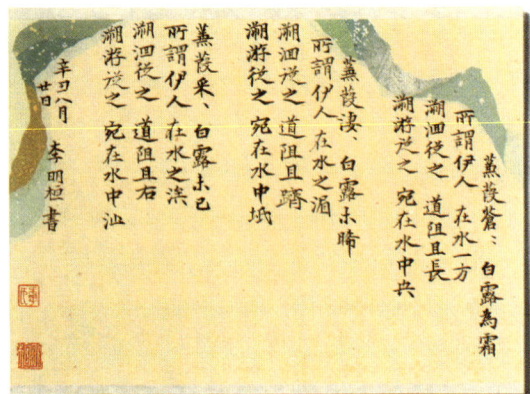

蒹葭苍苍，白露为霜。所谓伊人，在水一方。溯洄从之，道阻且长。溯游从之，宛在水中央。

蒹葭萋萋，白露未晞。所谓伊人，在水之湄。溯洄从之，道阻且跻。溯游从之，宛在水中坻。

蒹葭采采，白露未已。所谓伊人，在水之涘。溯洄从之，道阻且右。溯游从之，宛在水中沚。

辛丑八月廿日　李明桓书

谈笑声里多故事，
推杯每每忘新愁。
月移花影香满室，
此生只对她低头。

女儿娇三首

女儿娇·你看

爸爸在塘边喝酒，
女儿在塘边逗鱼。
海棠花已经谢了，
爬山虎已爬满半墙。
你看她们鸟儿一样，
你看她们闪亮闪亮。
你看这下午的阳光，
覆盖了下午的时光。

女儿娇·傻瓜

一根藤啊两个瓜，
妈妈累得苦哈哈。
且把俗事放一放，
跟我户外看梅花。

女儿娇·画蛤蟆

院里青青草，
指上凤仙花。
女儿忽然喊爸爸，
给我画个小蛤蟆。

世界因为有了女性而美好

　　我从小对女性就有着一种感激和敬重的心情。不怕见笑，我对于贾宝玉说的"女人是水做的""我见到女孩儿就觉得清爽"这样的话，很早就在心里予以认同。我觉得母爱、柔情、温馨、美好这样一些字眼儿都是因为有了女性才存在的；而奉献、牺牲、苦难、悲剧等又总是和女性相关联的，因而我觉得对于女性的歧视、轻慢和摧残是最不道德、最丑恶和不能容忍的。

年轻时我看过一张秋瑾女士就义的照片（也许那是一张画）：她被剥去了上衣，露出乳房，一个刽子手在前边用双手牵扯着她的长发，另一个则在一旁举起了鬼头刀。从照片上看不出秋瑾的面部表情，但在我的想象中，她这时所承受的乃是人类最深刻最悲凉的痛苦。她是不能瞑目的，这张照片使我永生难忘。

还听说过这样一个故事：大革命时期，一位年轻的女共产党员得知她第二天早晨就要走上刑场告别人世的那个夜晚，她在监牢中沉着地用针线把自己的内衣内裤和棉衣棉裤结结实实反反复复地缝缀在一起，直到天明，为的是不让自己的遗体暴露在敌人面前。一想起这个故事我就十分激动。我觉得作为一个女性，除了生儿育女的劳累以外，她们比男性要承受更多的精神上的痛苦。所有的男人都应该毫无例外地尊重女性。

　　中国的农村妇女尤其令人敬重。她们是中国真正的脊梁和灵魂。

在农村，我发现干脏活累活的主要是那些未婚的少女。夏天的打麦场上，她们包着头巾，像救火一样地穿梭奔跑，昏黄的灯光投射到她们沾满尘土的脸上，露出雪白的牙齿，隆隆的机器声掩盖不住她们纯真的欢笑，往往一直要干到天亮才停下来。

　　那些已婚的妇女，更是默默无闻地劳累终生。除了田间劳动，她们还要做饭、洗衣、喂猪、带孩子、推磨、压碾、缝补浆洗，天不亮就要起来蹲在低矮的屋檐下，冒着呛人的烟火摊煎饼，做好早饭后才招呼家人起来，晚上往往又是她们收拾好厨房关好鸡笼最后一个就寝。

即使在田间集体劳动，那休息的一袋烟工夫她们也要用来喂孩子，纳鞋底，打猪草，从不会闲着。有的妇女一生没有进过城，没有见过火车，没有照过相，甚至没有自己的名字。她们吃苦最多，但享受却极少。她们不能上桌同男爷们一起吃饭，男人吃饭时，她们往往要在一旁添汤盛饭地伺候，待男人们吃完，她们才把剩菜剩饭搬到小桌上再吃。一个妇女只有熬到做了奶奶时才可以同男人们一起上桌吃饭，而一个农村男孩，十来岁就取得了陪客吃饭的资格。这种不合理的尊卑礼俗，北方的农村妇女千百年来把它奉为一种美德习惯自然地遵循着，心甘而情愿。

有一年夏天，我带着一些学生去农村劳动，住在社员家里。夜里黄鼠狼来抓鸡，我一听到叫声，立即喊醒学生一起出门去追截。学生拿着电筒四处照射，把急促中来不及穿衣服跑出来堵鸡窝的房东大娘重又吓得躲回屋里去了，鸡终于被叼去了一只。回来后学生们躺在床上窃笑，我心情极坏，把他们狠狠地剋了一顿。一想起房东大娘伛偻着的干瘦赤裸的身影，就有一种莫名的悲戚袭上我的心来。

　　我还没有提到农村妇女在婚姻、爱情、家庭方面所受到的种种限制，忍受的辛酸和承担的不幸，那里面汇积了多少眼泪和无辜的冤魂啊。

《黄河东流去》的作者、老作家李准在谈到他在旧中国的经历时说过，他"曾看到过一个青年妇女，为了救活快要饿死的丈夫，自卖自身，换一点粮食留给丈夫吃，特别是在临行时，她脱掉身上一件布衫，换了两个烧饼，又塞在丈夫手里……就是在那时，我开始认识我们苦难的祖国，开始认识了我们伟大的人民"。

　　我觉得新中国成立以后农村妇女仍然在继承着这种无私奉献的精神。由于长年的过度的劳累，风吹日晒，她们衰老得也快，她们的青春是短暂的。

　　由于这些我所经历和体验过的生活，我对女性的弱点和错误，也总能以一种谅解和宽容的态度去对待，并且为之遗憾和惋惜。

例如看到一个穿着入时的漂亮女子随地吐痰或张口骂人，我便非常难过，不忍再看再听。我多么希望那些外表很美的女性也有一个与之相对应的美的心灵。

　　我还敬重那些女服务员、女售货员、女售票员、女护士，一有机会就要向她们表示感谢。在乘客和售票员发生争执时，我总愿意站在售票员这一边去设想，我希望人们能尊重她们的劳动，体谅她们的艰难，我因此也吃过苦头，但并不后悔。

　　大凡我看到一个男子汉在撒泼或盛怒的女人面前打不还手、骂不还口时，我就觉得这男人像个男人，是可爱的。

几年前去莱西，发现那个县城有一个"女儿集"。在一条近百米长的集市上，都是卖玉米皮编织的草鞭（半成品）的姑娘，她们穿着鲜艳的却又不太协调的衣裳推着自行车到这里来出卖她们在农闲时编织的手工品（公家或私人有收购的），换了钱再去城里百货店买下她们喜欢的衣裳鞋袜或积攒一点私房钱，这点劳动收入是不用交给父母的，完全可以自由支配。钱虽不多，但是自己挣来的，她们非常高兴，当她们卖完草鞭三三两两热热闹闹结伙去城里逛逛时，脸上露着满足的微笑。这是一个多么淳朴美好的集市啊。这一定是一个关怀妇女的好心人想出来的。可惜这样的集市和活动还太少。

作为一个男子，我希望我们的男同胞都来尊重妇女，关心她们，体谅她们。天天过"三八节"有什么不好？对女同志谦和、礼貌一些不但是一种有教养的文明行为，而且是一个男子应尽的义务。

最近放映的受到普遍欢迎的影片《妈妈再爱我一次》的片尾写道："谨以此片献给普天下伟大而美丽的母亲。"这句话深深打动了观众的心。让我们都用这样的心去敬重自己的母亲，别人的母亲，和将要成为母亲的人吧。

宋遂良

此文发表于 1990 年《山东女子学院山东分院学报》，出版时略有修改

后记

我先生一直想出一本关于生活的集子。4月中旬的时候，他跟我说，今年可以了。5月初时，他说文字部分已经完成了。其实一个事情的完成怎么可能一蹴而就，这十几年他一直在点点滴滴地写着生活中发生的事。

我先生的老师宋遂良教授，一直是他最尊敬，也是对他影响最深的长辈。不仅仅给我们这本小书写了序言，而且还做起了这本书的责任编辑，每天早晨都通过语音，把每篇文章的修改意见发给我。

这让我在感动的同时，也上了一次特别珍贵的语文课。从"的地得"的使用到诗经的吟诵，一丝不苟。也常常会因为我先生俏皮的文字哑然失笑，看到好的文字也从不吝啬由衷的称赞。我不但看到了一位严师的风范，同时也深深感受到一位恩师对学生浓烈的爱。

　　除了文字修订，配图也是极其重要的一个部分。为此我把这十几年来的照片都翻了一遍。看着完成的文字和配图，我豁然。

其实所谓生活，无非是小得不能再小的片段、短得不能再短的瞬间连接在一起。倘若说幸福，那么无非是我们能有从这些如此琐碎的片段以及瞬间中感受到美好的能力。

感谢我先生可以如此记录这些片段，这点点滴滴便如大树的枝枝叶叶一般，让我们的生活长成一棵参天大树。希望我们的女儿们能感受到这人间美好。

也特别感谢白谦慎先生给这本小书题写了书名，刘树勇先生为这本小书设计了封面。

真是让这本书集万千宠爱于一身。古人云君子成人之美，这是对我们家庭生活的期望，希望这个家庭更踏实、更丰富、更幸福。

　　我知道我先生在这本书里刻意回避了自己的工作，这二十年，他总是说自己运气好，他的潜力和视野完全是被激发出来的。我知道他在说什么，他是说感谢马总和阿里巴巴。我就替他说了吧。

　　孔非

图书在版编目（CIP）数据

她们 / 王帅著 . -- 北京：作家出版社，2023.9
ISBN 978-7-5212-2424-5

Ⅰ.①她… Ⅱ.①王… Ⅲ.①随笔 – 作品集 – 中国 –
当代 Ⅳ.①I267.1

中国国家版本馆CIP数据核字（2023）第153099号

她　们

作　　者：王　帅
责任编辑：朱莲莲
书名题字：白谦慎
封面设计：刘树勇
出版发行：作家出版社有限公司
社　　址：北京农展馆南里10号　　邮　　编：100125
电话传真：86-10-65067186（发行中心及邮购部）
　　　　　 86-10-65004079（总编室）
E-mail:zuojia@zuojia.net.cn
http://www.zuojiachubanshe.com
印　　刷：北京盛通印刷股份有限公司
成品尺寸：148×210
字　　数：66千
印　　张：12
版　　次：2023年9月第1版
印　　次：2023年9月第1次印刷
ISBN　978-7-5212-2424-5
定　　价：68.00元